AF672885

Gröls Verlage

„Bücher sind wie Fallschirme. Sie nützen uns nichts, wenn wir sie nicht öffnen."

Gröls Verlag

Redaktionelle Hinweise und Impressum

Das vorliegende Werk wurde zugunsten der Authentizität sehr zurückhaltend bearbeitet. So wurden etwa ursprüngliche Rechtschreibfehler regelmäßig *nicht* behoben, denn kleine Unvollkommenheiten machen das Buch – wie im Übrigen den Menschen – erst authentisch. Mitunter wurden jedoch zum Beispiel Absätze behutsam neu getrennt, um den Lesefluss zu erleichtern.

Um die Texte zu rekonstruieren, werden antiquarische Bücher von Lesegeräten gescannt und dann durch eine Software lesbar gemacht. Der so entstandene Text wird von Menschen gegengelesen und korrigiert – hierbei treten auch Fehler auf. Wenn Sie ebenfalls antiquarische Texte einreichen möchten, finden Sie weitere Informationen auf www.groels.de

Viel Freude bei der Lektüre wünscht Ihnen das Team des Gröls-Verlags.

Adressen

Verleger: Hermann-Josef Gröls,

Im Borngrund 26, 61440 Oberursel

Externer Dienstleister für Distribution & Herstellung:

BoD, In de Tarpen 42, 22848 Norderstedt

Unsere „Edition | Werke der Weltliteratur" hat den Anspruch, eine der größten und vollständigsten Sammlungen klassischer Literatur in deutscher Sprache zu werden. Nach und nach versammeln wir hier nicht nur die „üblichen Verdächtigen" von Goethe bis Schiller, sondern auch Kleinode der vergangenen Jahrhunderte, die – zu Unrecht – drohen, in Vergessenheit zu geraten. Wir kultivieren und kuratieren damit einen der wertvollsten Bereiche der abendländischen Kultur. Kleine Auswahl:

Francis Bacon • Neues Organon • **Balzac** • Glanz und Elend der Kurtisanen • **Joachim H. Campe** • Robinson der Jüngere • **Dante Alighieri** • Die Göttliche Komödie • **Daniel Defoe** • Robinson Crusoe • **Charles Dickens** • Oliver Twist • **Denis Diderot** • Jacques der Fatalist • **Fjodor Dostojewski** • Schuld und Sühne • **Arthur Conan Doyle** • Der Hund von Baskerville • **Marie von Ebner-Eschenbach** • Das Gemeindekind • **Elisabeth von Österreich** • Das Poetische Tagebuch • **Friedrich Engels** • Die Lage der arbeitenden Klasse • **Ludwig Feuerbach** • Das Wesen des Christentums • **Johann G. Fichte** • Reden an die deutsche Nation • **Fitzgerald** • Zärtlich ist die Nacht • **Flaubert** • Madame Bovary • **Gorch Fock** • Seefahrt ist not! • **Theodor Fontane** • Effi Briest • **Robert Musil** • Über die Dummheit • **Edgar Wallace** • Der Frosch mit der Maske • **Jakob Wassermann** • Der Fall Maurizius • **Oscar Wilde** • Das Bildnis des Dorian Grey • **Émile Zola** • Germinal • **Stefan Zweig** • Schachnovelle • **Hugo von Hofmannsthal** • Der Tor und der Tod • **Anton Tschechow** • Ein Heiratsantrag • **Arthur Schnitzler** • Reigen • **Friedrich Schiller** • Kabale und Liebe • **Nicolo Machiavelli** • Der Fürst • **Gotthold E. Lessing** • Nathan der Weise • **Augustinus** • Die Bekenntnisse des heiligen Augustinus • **Marcus Aurelius** • Selbstbetrachtungen • **Charles Baudelaire** • Die Blumen des Bösen • **Harriett Stowe** • Onkel Toms Hütte • **Walter Benjamin** • Deutsche Menschen • **Hugo Bettauer** • Die Stadt ohne Juden • **Lewis Caroll** • *und viele mehr….*

Inhalt

Lewis Caroll

Alice's Abenteuer im Wunderland

Hinunter in den Kaninchenbau

Alice fing an sich zu langweilen; sie saß schon lange bei ihrer Schwester am Ufer und hatte nichts zu thun. Das Buch, das ihre Schwester las, gefiel ihr nicht; denn es waren weder Bilder noch Gespräche darin. „Und was nützen Bücher," dachte Alice, „ohne Bilder und Gespräche?"

Sie überlegte sich eben, (so gut es ging, denn sie war schläfrig und dumm von der Hitze,) ob es der Mühe werth sei aufzustehen und Gänseblümchen zu pflücken, um eine Kette damit zu machen, als plötzlich ein weißes Kaninchen mit rothen Augen dicht an ihr vorbeirannte.

Dies war grade nicht *sehr* merkwürdig; Alice fand es auch nicht *sehr* außerordentlich, daß sie das Kaninchen sagen hörte: „O weh, o weh! Ich werde zu spät kommen!" (Als sie es später wieder überlegte, fiel ihr ein, daß sie sich darüber hätte wundern sollen; doch zur Zeit kam es ihr Alles ganz natürlich vor.) Aber als das Kaninchen *seine Uhr aus der Westentasche zog*, nach der Zeit sah und eilig fortlief, sprang Alice auf; denn es war ihr doch noch nie vorgekommen, ein Kaninchen mit einer Westentasche und einer Uhr darin zu sehen. Vor Neugierde brennend, rannte sie ihm nach über den Grasplatz, und kam noch zur rechten Zeit, um es in ein großes Loch unter der Hecke schlüpfen zu sehen.

Den nächsten Augenblick war sie ihm nach in das Loch hineingesprungen, ohne zu bedenken, wie in aller Welt sie wieder herauskommen könnte.

Der Eingang zum Kaninchenbau lief erst geradeaus, wie ein Tunnel, und ging dann plötzlich abwärts; ehe Alice noch den Gedanken fassen konnte sich schnell festzuhalten, fühlte sie schon, daß sie fiel, wie es schien, in einen tiefen, tiefen Brunnen.

Entweder mußte der Brunnen sehr tief sein, oder sie fiel sehr langsam; denn sie hatte Zeit genug, sich beim Fallen umzusehen und sich zu wundern, was nun wohl geschehen würde. Zuerst versuchte sie hinunter zu sehen, um zu wissen wohin sie käme, aber es war zu dunkel etwas zu erkennen. Da besah sie die Wände des Brunnens und bemerkte, daß sie mit Küchenschränken und Bücherbrettern bedeckt waren; hier und da erblickte sie Landkarten und Bilder, an Haken aufgehängt. Sie nahm im Vorbeifallen von einem der Bretter ein Töpfchen mit der Aufschrift: *„Eingemachte Apfelsinen“*, aber zu ihrem großen Verdruß war es leer. Sie wollte es nicht fallen lassen, aus Furcht Jemand unter sich zu tödten; und es gelang ihr, es in einen andern Schrank, an dem sie vorbeikam, zu schieben.

„Nun!“ dachte Alice bei sich, „nach einem solchen Fall werde ich mir nichts daraus machen, wenn ich die Treppe hinunter stolpere. Wie muthig sie mich zu Haus finden werden! Ich würde nicht viel Redens machen, wenn ich selbst von der Dachspitze hinunter fiele!“ (Was sehr wahrscheinlich war.)

Hinunter, hinunter, hinunter! Wollte denn der Fall nie endigen? „Wie viele Meilen ich wohl jetzt gefallen bin!“ sagte sie laut. „Ich muß ungefähr am Mittelpunkt der Erde sein. Laß sehen: das wären achthundert und funfzig Meilen, glaube ich –“ (denn ihr müßt wissen, Alice hatte dergleichen in der Schule gelernt, und obgleich dies keine *sehr* gute Gelegenheit war, ihre Kenntnisse zu zeigen, da Niemand zum Zuhören da war, so übte sie es sich doch dabei ein) – „ja, das ist ungefähr die Entfernung; aber zu welchem Länge- und Breitegrade ich wohl gekommen sein mag?“ (Alice hatte nicht den geringsten Begriff, was weder Längegrad noch Breitegrad war; doch klangen ihr die Worte großartig und nett zu sagen.

Bald fing sie wieder an. „Ob ich wohl ganz durch die Erde fallen werde! Wie komisch das sein wird, bei den Leuten heraus zu kommen, die auf dem Kopfe gehen! die Antipathien, glaube ich.“ (Diesmal war es ihr ganz lieb, daß Niemand zuhörte, denn das Wort klang ihr gar nicht recht.) „Aber natürlich werde ich sie fragen müssen, wie das Land heißt. Bitte, liebe Dame, ist dies Neu-Seeland oder Australien?“ (Und sie versuchte dabei zu knixen, – denkt doch, knixen, wenn man durch die Luft fällt!

Könntet ihr das fertig kriegen?) „Aber sie werden mich für ein unwissendes kleines Mädchen halten, wenn ich frage! Nein, es geht nicht an zu fragen; vielleicht sehe ich es irgendwo angeschrieben."

Hinunter, hinunter, hinunter! Sie konnte nichts weiter thun, also fing *Alice* bald wieder zu sprechen an. „*Dinah* wird mich gewiß heut Abend recht suchen!" (*Dinah* war die Katze.) „Ich hoffe, sie werden ihren Napf Milch zur Theestunde nicht vergessen. *Dinah!* Miez! ich wollte, du wärest hier unten bei mir. Mir ist nur bange, es giebt keine Mäuse in der Luft; aber du könntest einen Spatzen fangen; die wird es hier in der Luft wohl geben, glaubst du nicht? Und Katzen fressen doch Spatzen?" Hier wurde Alice etwas schläfrig und redete halb im Traum fort. „Fressen Katzen gern Spatzen? Fressen Katzen gern Spatzen? Fressen Spatzen gern Katzen?" Und da ihr Niemand zu antworten brauchte, so kam es gar nicht darauf an, wie sie die Frage stellte. Sie fühlte, daß sie einschlief und hatte eben angefangen zu träumen, sie gehe Hand in Hand mit *Dinah* spazieren, und frage sie ganz ernsthaft: „Nun, *Dinah*, sage die Wahrheit, hast du je einen Spatzen gefressen?" da mit einem Male, plump! plump! kam sie auf einen Haufen trocknes Laub und Reisig zu liegen, – und der Fall war aus.

Alice hatte sich gar nicht weh gethan. Sie sprang sogleich auf und sah in die Höhe; aber es war dunkel über ihr. Vor ihr lag ein zweiter langer Gang, und sie konnte noch eben das weiße Kaninchen darin entlang laufen sehen. Es war kein Augenblick zu verlieren: fort rannte Alice wie der Wind, und hörte es gerade noch sagen, als es um eine Ecke bog: „O, Ohren und Schnurrbart, wie spät es ist!" Sie war dicht hinter ihm, aber als sie um die Ecke bog, da war das Kaninchen nicht mehr zu sehen. Sie befand sich in einem langen, niedrigen Corridor, der durch eine Reihe Lampen erleuchtet war, die von der Decke herabhingen.

Zu beiden Seiten des Corridors waren Thüren; aber sie waren alle verschlossen. Alice versuchte jede Thür erst auf einer Seite, dann auf der andern; endlich ging sie traurig in der Mitte entlang, überlegend, wie sie je heraus kommen könnte.

Plötzlich stand sie vor einem kleinen dreibeinigen Tische, *ganz von dickem Glas*. Es war nichts darauf als ein winziges goldenes Schlüsselchen, und *Alice's* erster Gedanke war, dies möchte zu einer der Thüren des Corridors gehören. Aber ach! entweder waren die Schlösser zu groß, oder der Schlüssel zu klein; kurz, er paßte zu keiner einzigen. Jedoch, als sie das zweite Mal herum ging, kam sie an einen niedrigen Vorhang, den sie vorher nicht bemerkt hatte, und dahinter war eine Thür, ungefähr funfzehn Zoll hoch. Sie steckte das goldene Schlüsselchen in's Schlüsselloch, und zu ihrer großen Freude paßte es.

Alice schloß die Thür auf und fand, daß sie zu einem kleinen Gange führte, nicht viel größer als ein Mäuseloch. Sie kniete nieder und sah durch den Gang in den reizendsten Garten, den man sich denken kann. Wie wünschte sie, aus dem dunklen Corridor zu gelangen, und unter den bunten Blumenbeeten und kühlen Springbrunnen umher zu wandern; aber sie konnte kaum den Kopf durch den Eingang stecken. „Und wenn auch mein Kopf hindurch ginge,“ dachte die arme Alice, „was würde es nützen ohne die Schultern. O, ich möchte mich zusammenschieben können wie ein Teleskop! Das geht ganz gewiß, wenn ich nur wüßte, wie man es anfängt.“ Denn es war kürzlich so viel Merkwürdiges mit ihr vorgegangen, daß Alice anfing zu glauben, es sei fast nichts unmöglich.

Es schien ihr ganz unnütz, länger bei der kleinen Thür zu warten. Daher ging sie zum Tisch zurück, halb und halb hoffend, sie würde noch einen Schlüssel darauf finden, oder jedenfalls ein Buch mit Anweisungen, wie man sich als Teleskop zusammenschieben könne. Diesmal fand sie ein Fläschchen darauf. „Das gewiß vorhin nicht hier stand,“ sagte Alice; und um den Hals des Fläschchens war ein Zettel gebunden, mit den Worten “*Trinke mich!*“ wunderschön in großen Buchstaben drauf gedruckt.

Es war bald gesagt, „Trinke mich“, aber die altkluge kleine Alice wollte sich damit nicht übereilen. „Nein, ich werde erst nachsehen,“ sprach sie, „ob ein Todtenkopf darauf ist oder nicht.“ Denn sie hatte mehre hübsche Geschichten gelesen von Kindern, die sich verbrannt hatten oder sich von wilden Thieren hatten fressen lassen, und in andere unangenehme Lagen gerathen waren, nur weil sie nicht an die Warnungen dachten, die ihre Freunde ihnen gegeben hatten; zum Beispiel, daß ein rothglühendes Eisen brennt, wenn man es anfaßt; und daß wenn man sich mit einem Messer tief in den Finger schneidet, es gewöhnlich blutet. Und sie hatte nicht vergessen, daß wenn man viel aus einer Flasche mit einem Todtenkopf darauf trinkt, es einem unfehlbar schlecht bekommt.

Diese Flasche jedoch hatte keinen Todtenkopf. Daher wagte Alice zu kosten; und da es ihr gut schmeckte (es war eigentlich wie ein Gemisch von Kirschkuchen, Sahnensauce, Ananas, Putenbraten, Naute und Armen Rittern), so trank sie die Flasche aus.

***

„Was für ein komisches Gefühl!“ sagte Alice. „Ich gehe gewiß zu wie ein Teleskop.“

Und so war es in der That: jetzt war sie nur noch zehn Zoll hoch, und ihr Gesicht leuchtete bei dem Gedanken, daß sie nun die rechte Höhe habe, um durch die kleine Thür in den schönen Garten zu gehen. Doch erst wartete sie einige Minuten, ob sie noch mehr einschrumpfen werde. Sie war einigermaßen ängstlich; „denn es könnte damit aufhören,“ sagte Alice zu sich selbst, „daß ich ganz ausginge, wie ein Licht. Mich wundert, wie ich dann aussähe?“ Und sie versuchte sich vorzustellen, wie die Flamme von einem Lichte aussieht, wenn das Licht ausgeblasen ist; aber sie konnte sich nicht erinnern, dies je gesehen zu haben.

Nach einer Weile, als sie merkte daß weiter nichts geschah, beschloß sie, gleich in den Garten zu gehen. Aber, arme Alice! als sie an die Thür kam, hatte sie das goldene Schlüsselchen vergessen. Sie ging nach dem Tische zurück, es zu holen, fand aber, daß sie es unmöglich erreichen konnte. Sie sah es ganz deutlich durch das Glas, und sie gab sich alle Mühe an einem der Tischfüße hinauf zu klettern, aber er war zu glatt; und als sie sich ganz müde gearbeitet hatte, setzte sich das arme, kleine Ding hin und weinte.

„Still, was nützt es so zu weinen!“ sagte Alice ganz böse zu sich selbst; „ich rathe dir, den Augenblick aufzuhören!“ Sie gab sich oft sehr guten Rath (obgleich sie ihn selten befolgte), und manchmal schalt sie sich selbst so strenge, daß sie sich zum Weinen brachte; und einmal, erinnerte sie sich, hatte sie versucht sich eine Ohrfeige zu geben, weil sie im Croquet betrogen hatte, als sie gegen sich selbst spielte; denn dieses eigenthümliche Kind stellte sehr gern zwei Personen vor. „Aber jetzt hilft es zu nichts,“ dachte die arme Alice, „zu thun als ob ich zwei verschiedene Personen wäre. Ach! es ist ja kaum genug von mir übrig zu *einer* anständigen Person!“

Bald fiel ihr Auge auf eine kleine Glasbüchse, die unter dem Tische lag; sie öffnete sie und fand einen sehr kleinen Kuchen darin, auf welchem die Worte *„Iß mich!“* schön in kleinen Rosinen geschrieben standen. „Gut, ich will ihn essen,“ sagte Alice, „und wenn ich davon größer werden, so kann ich den Schlüssel erreichen; wenn ich aber kleiner davon werde, so kann ich unter der Thür durchkriechen. So, auf jeden Fall, gelange ich in den Garten, – es ist mir einerlei wie.“

Sie aß ein Bißchen, und sagte neugierig zu sich selbst: „Aufwärts oder abwärts?“ Dabei hielt sie die Hand prüfend auf ihren Kopf und war ganz erstaunt zu bemerken, daß sie dieselbe Größe behielt. Freilich geschieht dies gewöhnlich, wenn man Kuchen ißt; aber Alice war schon so an wunderbare Dinge gewöhnt, daß es ihr ganz langweilig schien, wenn das Leben so natürlich fortging.

Sie machte sich also daran, und verzehrte den Kuchen völlig.

Der Thränenpfuhl

„Verquerer und verquerer!“ rief Alice. (Sie war so überrascht, daß sie im Augenblick ihre eigene *Sprache* ganz vergaß) „Jetzt werde ich auseinander geschoben wie das längste Teleskop das es je gab! Lebt wohl, Füße!“

(Denn als sie auf ihre Füße hinabsah, konnte sie sie kaum mehr zu Gesicht bekommen, so weit fort waren sie schon.) „O meine armen Füßchen! wer euch wohl nun Schuhe und Strümpfe anziehen wird, meine Besten? denn ich kann es unmöglich thun! Ich bin viel zu weit ab, um mich mit euch abzugeben! ihr müßt sehen, wie ihr fertig werdet. Aber gut muß ich zu ihnen sein,“ dachte Alice, „sonst gehen sie vielleicht nicht, wohin ich gehen möchte. Laß mal sehen: ich will ihnen jeden Weihnachten ein Paar neue Stiefel schenken.“

Und sie dachte sich aus, wie sie das anfangen würde. „Sie müssen per Fracht gehen,“ dachte sie; „wie drollig es sein wird, seinen eignen Füßen ein Geschenk zu schicken! und wie komisch die Adresse aussehen wird! –“

An

Alice's rechten Fuß, Wohlgeboren,

Fußteppich,

nicht weit vom Kamin,

(mit Alice's Grüßen).

„Oh, was für Unsinn ich schwatze!“

Gerade in dem Augenblick stieß sie mit dem Kopf an die Decke: sie war in der That über neun Fuß groß: Und sie nahm sogleich den kleinen goldenen Schlüssel auf und rannte nach der Gartenthür.

Arme Alice! das Höchste was sie thun konnte war, auf der Seite liegend, mit einem Auge nach dem Garten hinunterzusehen; aber an Durchgehen war weniger als je zu denken. Sie setzte sich hin und fing wieder an zu weinen.

„Du solltest dich schämen,“ sagte Alice, „solch großes Mädchen“ (da hatte sie wohl recht) „noch so zu weinen! Höre gleich auf, sage ich dir!“ Aber sie weinte trotzdem fort, und vergoß Thränen eimerweise, bis sich zuletzt ein großer Pfuhl um sie bildete, ungefähr vier Zoll tief und den halben Corridor lang.

Nach einem Weilchen hörte sie Schritte in der Entfernung und trocknete schnell ihre Thränen, um zu sehen wer es sei. Es war das weiße Kaninchen, das prachtvoll geputzt zurückkam, mit einem Paar weißen Handschuhen in einer Hand und einem Fächer in der andern. Es trippelte in großer Eile entlang vor sich hin redend: „Oh! die Herzogin, die Herzogin! die wird mal außer sich sein, wenn ich sie warten lasse!“ Alice war so rathlos, daß sie Jeden um Hülfe angerufen hätte. Als das Kaninchen daher in ihre Nähe kam, fing sie mit leiser, schüchterner Stimme an: „Bitte, lieber Herr. –“ Das Kaninchen fuhr zusammen, ließ die weißen Handschuhe und den Fächer fallen und lief davon in die Nacht hinein, so schnell es konnte.

Alice nahm den Fächer und die Handschuhe auf, und da der Gang sehr heiß war, fächelte sie sich, während sie so zu sich selbst sprach: „Wunderbar! – wie seltsam heute Alles ist! Und gestern war es ganz wie gewöhnlich. Ob ich wohl in der Nacht umgewechselt worden bin? Laß mal sehen: war ich dieselbe, als ich heute früh aufstand? Es kommt mir fast vor, als hätte ich wie eine Veränderung in mir gefühlt. Aber wenn ich nicht dieselbe bin, dann ist die Frage: wer in aller Welt bin ich? Ja, das ist das Räthsel!“ So ging sie in Gedanken alle Kinder ihres Alters durch, die sie kannte, um zu sehen, ob sie in eins davon verwandelt wäre.

„Ich bin sicherlich nicht Ida,“ sagte sie, „denn die trägt lange Locken, und mein Haar ist gar nicht lockig; und bestimmt kann ich nicht Clara sein, denn ich weiß eine ganze Menge, und sie, oh! sie weiß so sehr wenig! Außerdem, sie ist sie selbst, und ich bin ich, und, o wie confus es Alles ist! Ich will versuchen, ob ich noch Alles weiß, was ich sonst wußte. Laß sehen: vier mal fünf ist zwölf, und vier mal sechs ist dreizehn, und vier mal sieben ist – o weh! auf die Art komme ich nie bis zwanzig! Aber, das Einmaleins hat nicht so viel zu sagen; ich will Geographie nehmen. London ist die Hauptstadt von Paris, und Paris ist die Hauptstadt von Rom, und Rom – nein, ich wette, das ist Alles falsch! Ich muß in Clara verwandelt sein! Ich will doch einmal sehen, ob ich sagen kann: ›Bei einem Wirthe –‹“ und sie faltete die Hände, als ob sie ihrer Lehrerin hersagte, und fing an, aber ihre Stimme klang rauh und ungewohnt, und die Worte kamen nicht wie sonst: –

„Bei einem Wirthe, wunderwild,
Da war ich jüngst zu Gaste,
Ein Bienennest das war sein Schild
In einer braunen Tatze.

Es war der grimme Zottelbär,
Bei dem ich eingekehret;
Mit süßem Honigseim hat er
Sich selber wohl genähret!“

„Das kommt mir gar nicht richtig vor,“ sagte die arme Alice, und Thränen kamen ihr in die Augen, als sie weiter sprach: „Ich muß doch Clara sein, und ich werde in dem alten kleinen Hause wohnen müssen, und beinah keine Spielsachen zum Spielen haben, und ach! so viel zu lernen. Nein, das habe ich mir vorgenommen: wenn ich Clara bin, will ich hier unten bleiben! Es soll ihnen nichts helfen, wenn sie die Köpfe zusammenstecken und herunter rufen: ›Komm wieder herauf, Herzchen!‹

Ich will nur hinauf sehen und sprechen: wer bin ich denn? Sagt mir das erst, und dann, wenn ich die Person gern bin, will ich kommen; wo nicht, so will ich hier unten bleiben, bis ich jemand Anderes bin. – Aber o weh!" schluchzte Alice plötzlich auf, „ich wünschte, sie sähen herunter! Es ist mir so langweilig, hier ganz allein zu sein!"

Als sie so sprach, sah sie auf ihre Hände hinab und bemerkte mit Erstaunen, daß sie beim Reden einen von den weißen Glacee-Handschuhen des Kaninchens angezogen hatte. „Wie habe ich das nur angefangen?" dachte sie. „Ich muß wieder klein geworden sein." Sie stand auf, ging nach dem Tische, um sich daran zu messen, und fand, daß sie jetzt ungefähr zwei Fuß hoch sei, dabei schrumpfte sie noch zusehends ein: sie merkte bald, daß die Ursache davon der Fächer war, den sie hielt; sie warf ihn schnell hin, noch zur rechten Zeit, sich vor gänzlichem Verschwinden zu retten.

„Das war glücklich davon gekommen!" sagte Alice sehr erschrocken über die plötzliche Veränderung, aber froh, daß sie noch existirte; „und nun in den Garten!" und sie lief eilig nach der kleinen Thür: aber ach! die kleine Thür war wieder verschlossen und das goldene Schlüsselchen lag auf dem Glastische wie vorher. „Und es ist schlimmer als je," dachte das arme Kind, „denn so klein bin ich noch nie gewesen, nein, nie! Und ich sage, es ist zu schlecht, ist es!"

Wie sie diese Worte sprach, glitt sie aus, und den nächsten Augenblick, platsch! fiel sie bis an's Kinn in Salzwasser. Ihr erster Gedanke war, sie sei in die See gefallen, „und in dem Fall kann ich mit der Eisenbahn zurückreisen," sprach sie bei sich (Alice war einmal in ihrem Leben an der See gewesen und war zu dem allgemeinen Schluß gelangt, daß wo man auch an's Seeufer kommt, man eine Anzahl Bademaschinen im Wasser findet, Kinder, die den Sand mit hölzernen Spaten aufgraben, dann eine Reihe Wohnhäuser und dahinter eine Eisenbahn-Station); doch merkte sie bald, daß sie sich in dem Thränenpfuhl befand, den sie geweint hatte, als sie neun Fuß hoch war.

„Ich wünschte, ich hätte nicht so sehr geweint!“ sagte Alice, als sie umherschwamm und sich herauszuhelfen suchte; „jetzt werde ich wohl dafür bestraft werden und in meinen eigenen Thränen ertrinken! Das wird sonderbar sein, das! Aber Alles ist heut so sonderbar.“

In dem Augenblick hörte sie nicht weit davon etwas in dem Pfuhle plätschern, und sie schwamm danach, zu sehen was es sei: erst glaubte sie, es müsse ein Wallroß oder ein Nilpferd sein, dann aber besann sie sich, wie klein sie jetzt war, und merkte bald, daß es nur eine Maus sei, die wie sie hineingefallen war.

„Würde es wohl etwas nützen,“ dachte Alice, „diese Maus anzureden? Alles ist so wunderlich hier unten, daß ich glauben möchte, sie kann sprechen; auf jeden Fall habe ich das Fragen umsonst.“ Demnach fing sie an: „O Maus, weißt du, wie man aus diesem Pfuhle gelangt, ich bin von dem Herumschwimmen ganz müde, o Maus!“ (Alice dachte, so würde eine Maus richtig angeredet; sie hatte es zwar noch nie gethan, aber sie erinnerte sich ganz gut, in ihres Bruders lateinischer Grammatik gelesen zu haben „Eine Maus – einer Maus – einer Maus – eine Maus – o Maus!")

Die Maus sah sie etwas neugierig an und schien ihr mit dem einen Auge zu blinzeln; aber sie sagte nichts.

„Vielleicht versteht sie nicht Englisch," dachte Alice, „es ist vielleicht eine französische Maus, die mit Wilhelm dem Eroberer herüber gekommen ist" (denn, trotz ihrer Geschichtskenntniß hatte Alice keinen ganz klaren Begriff, wie lange irgend ein Ereigniß her sei): Sie fing also wieder an: „*Où est ma chatte?*" was der erste Satz in ihrem französischen Conversationsbuche war. Die Maus sprang hoch auf aus dem Wasser, und schien vor Angst am ganzen Leibe zu beben. „O, ich bitte um Verzeihung!" rief Alice schnell, erschrocken, daß sie das arme Thier verletzt habe. „Ich hatte ganz vergessen, daß Sie Katzen nicht mögen."

„Katzen nicht mögen!" schrie die Maus mit kreischender, wüthender Stimme. „Würdest du Katzen mögen, wenn du an meiner Stelle wärest?"

„Nein, wohl kaum," sagte Alice in zuredendem Tone: „sei nicht mehr böse darüber. Und doch möchte ich dir unsere Katze Dinah zeigen können. Ich glaube, du würdest Geschmack für Katzen bekommen, wenn du sie nur sehen könntest. Sie ist ein so liebes ruhiges Thier," sprach Alice fort, halb zu sich selbst, wie sie gemüthlich im Pfuhle daherschwamm; „sie sitzt und spinnt so nett beim Feuer, leckt sich die Pfoten und wäscht sich das Schnäuzchen – und sie ist solch famoser Mäusefänger – oh, ich bitte um Verzeihung!" sagte Alice wieder, denn diesmal sträubte sich das ganze Fell der armen Maus, und Alice dachte, sie müßte sicherlich sehr beleidigt sein. „Wir wollen nicht mehr davon reden, wenn du es nicht gern hast."

„Wir, wirklich!" entgegnete die Maus, die bis zur Schwanzspitze zitterte. „Als ob ich je über solchen Gegenstand spräche! Unsere Familie hat von jeher Katzen verabscheut: häßliche, niedrige, gemeine Dinger! Laß mich ihren Namen nicht wieder hören!"

„Nein, gewiß nicht!" sagte Alice, eifrig bemüht, einen andern Gegenstand der Unterhaltung zu suchen. „Magst du – magst du gern Hunde?" Die Maus antwortete nicht, daher fuhr Alice eifrig fort: „Es wohnt ein so reizender kleiner Hund nicht weit von unserm Hause. Den möchte ich dir zeigen können! Ein kleiner klaräugiger Wachtelhund, weißt du, ach, mit solch krausem braunen Fell! Und er apportirt Alles, was man ihm hinwirft, und er kann aufrecht stehen und um sein Essen betteln, und so viel Kunststücke – ich kann mich kaum auf die Hälfte besinnen – und er gehört einem Amtmann, weißt du, und er sagt, er ist so nützlich, er ist ihm hundert Pfund werth! Er sagt, er vertilgt alle Ratten und – oh wie dumm!“ sagte Alice in reumüthigem Tone. „Ich fürchte, ich habe ihr wieder weh gethan!“ Denn die Maus schwamm so schnell sie konnte von ihr fort und brachte den Pfuhl dadurch in förmliche Bewegung.

Sie rief ihr daher zärtlich nach: „Liebes Mäuschen! Komm wieder zurück, und wir wollen weder von Katzen noch von Hunden reden, wenn du sie nicht gern hast!“ Als die Maus das hörte, wandte sie sich um und schwamm langsam zu ihr zurück; ihr Gesicht war ganz blaß (vor Ärger, dachte Alice), und sie sagte mit leiser, zitternder Stimme: „Komm mit mir an's Ufer, da will ich dir meine Geschichte erzählen; dann wirst du begreifen, warum ich Katzen und Hunde nicht leiden kann.“

Es war hohe Zeit sich fortzumachen; denn der Pfuhl begann von allerlei Vögeln und Getier zu wimmeln, die hinein gefallen waren: da war eine Ente und ein Dodo, ein rother Papagei und ein junger Adler, und mehrere andere merkwürdige Geschöpfe. Alice führte sie an, und die ganze Gesellschaft schwamm an's Ufer.

Caucus-Rennen und was daraus wird

Es war in der That eine wunderliche Gesellschaft, die sich am Strande versammelte – die Vögel mit triefenden Federn, die übrigen Thiere mit fest anliegendem Fell, Alle durch und durch naß, verstimmt und unbehaglich. –

Die erste Frage war, wie sie sich trocknen könnten: es wurde eine Berathung darüber gehalten, und nach wenigen Minuten kam es Alice ganz natürlich vor, vertraulich mit ihnen zu schwatzen, als ob sie sie ihr ganzes Leben gekannt hätte. Sie hatte sogar eine lange Auseinandersetzung mit dem Papagei, der zuletzt brummig wurde und nur noch sagte: „ich bin älter als du und muß es besser wissen;“ dies wollte Alice nicht zugeben und fragte nach seinem Alter, und da der Papagei es durchaus nicht sagen wollte, so blieb die Sache unentschieden.

Endlich rief die Maus, welche eine Person von Gewicht unter ihnen zu sein schien: „Setzt euch, ihr Alle, und hört mir zu! ich will euch bald genug trocken machen!“ Alle setzten sich sogleich in einen großen Kreis nieder, die Maus in der Mitte. Alice hatte die Augen erwartungsvoll auf sie gerichtet, denn sie war überzeugt, sie werde sich entsetzlich erkälten, wenn sie nicht sehr bald trocken würde.

„Hm!“ sagte die Maus mit wichtiger Miene, „seid ihr Alle so weit? Es ist das Trockenste, worauf ich mich besinnen kann. Alle still, wenn ich bitten darf! – Wilhelm der Eroberer, dessen Ansprüche vom Papste begünstigt wurden, fand bald Anhang unter den Engländern, die einen Anführer brauchten, und die in jener Zeit sehr an Usurpation und Eroberungen gewöhnt waren. Edwin und Morcar, Grafen von Mercia und Northumbria –“

„*Ooooh!*“ gähnte der Papagei und schüttelte sich.

„Bitte um Verzeihung!“ sprach die Maus mit gerunzelter Stirne, aber sehr höflich; „bemerkten Sie etwas?“

„Ich nicht!“ erwiederte schnell der Papagei.

„Es kam mir so vor,“ sagte die Maus. – „Ich fahre fort: Edwin und Morcar, Grafen von Mercia und Northumbria, erklärten sich für ihn; und selbst Stigand, der patriotische Erzbischof von Canterbury fand es rathsam –“

„Fand *was?*“ unterbrach die Ente.

„Fand *es*,“ antwortete die Maus ziemlich aufgebracht: „du wirst doch wohl wissen, was *es* bedeutet.“

„Ich weiß sehr wohl, was *es* bedeutet, wenn ich etwas finde,“ sagte die Ente: „*es* ist gewöhnlich ein Frosch oder ein Wurm. Die Frage ist, was fand der Erzbischof?“

Die Maus beachtete die Frage nicht, sondern fuhr hastig fort: – „fand es rathsam, von Edgar Atheling begleitet, Wilhelm entgegen zu gehen und ihm die Krone anzubieten. Wilhelms Benehmen war zuerst gemäßigt, aber die Unverschämtheit seiner Normannen – wie steht's jetzt, Liebe?“ fuhr sie fort, sich an Alice wendend.

„Noch ganz eben so naß,“ sagte Alice schwermüthig; „es scheint mich gar nicht trocken zu machen.“

„In dem Fall,“ sagte der Dodo feierlich, indem er sich erhob, „stelle ich den Antrag, daß die Versammlung sich vertage und zur unmittelbaren Anwendung von wirksameren Mitteln schreite.“

„Sprich deutlich!“ sagte der Adler. „Ich verstehe den Sinn von deinen langen Wörtern nicht, und ich wette, du auch nicht!“ Und der Adler bückte sich, um ein Lächeln zu verbergen; einige der andern Vögel kicherten hörbar.

„Was ich sagen wollte,“ sprach der Dodo in gereiztem Tone, „war, daß das beste Mittel uns zu trocknen ein Caucus-Rennen wäre.“

„Was ist ein Caucus-Rennen?“ fragte Alice, nicht daß ihr viel daran lag es zu wissen; aber der Dodo hatte angehalten, als ob er eine Frage erwartete, und Niemand anders schien aufgelegt zu reden.

„Nun,“ meinte der Dodo, „die beste Art, es zu erklären, ist, es zu spielen.“ (Und da ihr vielleicht das Spiel selbst einen Winter-Nachmittag versuchen möchtet, so will ich erzählen, wie der Dodo es anfing.)

Erst bezeichnete er die Bahn, eine Art Kreis („es kommt nicht genau auf die Form an,“ sagte er), und dann wurde die ganze Gesellschaft hier und da auf der Bahn aufgestellt. Es wurde kein: „eins, zwei, drei, fort!“ gezählt, sondern sie fingen an zu laufen wenn es ihnen einfiel, hörten auf wie es ihnen einfiel, so daß es nicht leicht zu entscheiden war, wann das Rennen zu Ende war. Als sie jedoch ungefähr eine halbe Stunde gerannt und vollständig getrocknet waren, rief der Dodo plötzlich: „Das Rennen ist aus!“ und sie drängten sich um ihn, außer Athem, mit der Frage: „Aber wer hat gewonnen?“

Diese Frage konnte der Dodo nicht ohne tiefes Nachdenken beantworten, und er saß lange mit einem Finger an die Stirn gelegt (die Stellung, in der ihr meistens Shakespeare in seinen Bildern seht), während die Übrigen schweigend auf ihn warteten. Endlich sprach der Dodo: „Jeder hat gewonnen, und Alle sollen Preise haben.“

„Aber wer soll die Preise geben?“ fragte ein ganzer Chor von Stimmen.

„Versteht sich, sie!“ sagte der Dodo, mit dem Finger auf Alice zeigend; und sogleich umgab sie die ganze Gesellschaft, Alle durch einander rufend: „Preise Preise!“

Alice wußte nicht im Geringsten, was da zu thun sei; in ihrer Verzweiflung fuhr sie mit der Hand in die Tasche, und zog eine Schachtel Zuckerplätzchen hervor (glücklicherweise war das Salzwasser nicht hinein gedrungen); die vertheilte sie als Preise. Sie reichten gerade herum, eins für Jeden.

„Aber sie selbst muß auch einen Preis bekommen, wißt ihr,“ sagte die Maus.

„Versteht sich,“ entgegnete der Dodo ernst. „Was hast du noch in der Tasche?“ fuhr er zu Alice gewandt fort.

„Nur einen Fingerhut,“ sagte Alice traurig.

„Reiche ihn mir herüber,“ versetzte der Dodo. Darauf versammelten sich wieder Alle um sie, während der Dodo ihr den Fingerhut feierlich überreichte, mit den Worten: „Wir bitten, Sie wollen uns gütigst mit der

Annahme dieses eleganten Fingerhutes beehren;“ und als er diese kurze Rede beendigt hatte, folgte allgemeines Beifallklatschen.

Alice fand dies Alles höchst albern; aber die ganze Gesellschaft sah so ernst aus, daß sie sich nicht zu lachen getraute, und da ihr keine passende Antwort einfiel, verbeugte sei sich einfach und nahm den Fingerhut ganz ehrbar in Empfang.

Nun mußten zunächst die Zuckerplätzchen verzehrt werden, was nicht wenig Lärm und Verwirrung hervorrief; die großen Vögel nämlich beklagten sich, daß sie nichts schmecken konnten, die kleinen aber verschluckten sich und mußten auf den Rücken geklopft werden. Endlich war auch dies vollbracht, und Alle setzten sich im Kreis herum und drangen in das Mäuslein, noch etwas zu erzählen.

„Du hast mir deine Geschichte versprochen,“ sagte Alice – „und woher es kommt, daß du K. und H. nicht leiden kannst,“ fügte sie leise hinzu, um nur das niedliche Thierchen nicht wieder böse zu machen.

„Ach,“ seufzte das Mäuslein, „ihr macht euch ja aus meinem Erzählen doch nichts; ich bin euch mit meiner Geschichte zu langschwänzig und zu tragisch.“ Dabei sah sie Alice fragend an.

„Langschwänzig! das muß wahr sein!“ rief Alice und sah nun erst mit rechter Bewunderung auf den geringelten Schwanz der Maus hinab; „aber wie so tragisch? was trägst du denn?“ Während sie noch darüber nachsann, fing die längschwänzige Erzählung schon an, folgendergestalt:

Filax sprach zu
der Maus, die
er traf
in dem
Haus:
„Geh' mit
mir vor
Gericht,
daß ich
dich

verklage.
Komm und
wehr' dich
nicht mehr;
ich muß
haben ein
Verhör,
denn ich
habe
nichts
zu thun
schon
zwei
Tage.“
Sprach die
Maus zum
Köter:
„Solch
Verhör
lieber Herr,
ohne
Richter,
ohne
Zeugen
thut nicht
Noth.“
„Ich bin
Zeuge,
ich bin
Richter.“
sprach
er schlau
und schnitt
Gesichter

„das Verhör
leite ich
und
verdamme
dich
zum
Tod!“

„Du paßt nicht auf!“ sagte die Maus strenge zu Alice. „Woran denkst du?“

„Ich bitte um Verzeihung,“ sagte Alice sehr bescheiden: „du warst bis zur fünften Biegung gekommen, glaube ich?“

„Mit nichten!“ sagte die Maus entschieden und sehr ärgerlich.

„Nichten!“ rief Alice, die gern neue Bekanntschaften machte, und sah sich neugierig überall um. „O, wo sind sie, deine Nichten? Laß mich gehen und sie her holen!“

„Das werde ich schön bleiben lassen,“ sagte die Maus, indem sie aufstand und fortging. „Deinen Unsinn kann ich nicht mehr mit anhören!“

„Ich meinte es nicht böse!“ entschuldigte sich die arme Alice. „Aber du bist so sehr empfindlich, du!“

Das Mäuslein brummte nur als Antwort.

„Bitte, komm wieder, und erzähle deine Geschichte aus!“ rief Alice ihr nach; und die Andern wiederholten im Chor: „ja bitte!“ aber das Mäuschen schüttelte unwillig mit dem Kopfe und ging schnell fort.

„Wie schade, daß es nicht bleiben wollte!“ seufzte der Papagei, sobald es nicht mehr zu sehen war; und eine alte Unke nahm die Gelegenheit wahr, zu ihrer Tochter zu sagen, „Ja, mein Kind! laß dir dies eine Lehre sein, niemals *übler* Laune zu sein!“ „Halt den Mund, Mama!“ sagte die junge Unke, etwas naseweis.

„Wahrhaftig, du würdest die Geduld einer Auster erschöpfen!“

„Ich wünschte, ich hätte unsere Dinah hier, das wünschte ich!“ sagte Alice laut, ohne Jemand insbesondere anzureden. „Sie würde sie bald zurückholen!“

„Und wer ist Dinah, wenn ich fragen darf?“ sagte der Papagei.

Alice antwortete eifrig, denn sie sprach gar zu gern von ihrem Liebling: „Dinah ist unsere Katze. Und sie ist auch so geschickt im Mäusefangen, ihr könnt's euch gar nicht denken! Und ach, hättet ihr sie nur Vögel jagen sehen. Ich sage euch, sie frißt einen kleinen Vogel, so wie sie ihn zu Gesicht bekommt.“

Diese Mitteilung verursachte große Aufregung in der Gesellschaft. Einige der Vögel machten sich augenblicklich davon; eine alte Elster fing an, sich sorgfältig einzuwickeln, indem sie bemerkte: „Ich muß wirklich nach Hause gehen; die Nachtluft ist nicht gut für meinen Hals!“ und ein Canarienvogel piepte zitternd zu seinen Kleinen, „Kommt fort, Kinder! es ist die höchste Zeit für euch, zu Bett zu gehen!“ Unter verschiedenen Entschuldigungen entfernten sie sich Alle, und Alice war bald ganz allein.

„Hätte ich nur Dinah nicht erwähnt!“ sprach sie bei sich mit betrübtem Tone. „Niemand scheint sie gern zu haben, hier unten, und dabei ist sie doch die beste Katze von der Welt! Oh, meine liebe Dinah! ob ich dich wohl je wieder sehen werde!“ dabei fing die arme Alice von Neuem zu weinen an, denn sie fühlte sich gar zu einsam und muthlos. Nach einem Weilchen jedoch hörte sie wieder ein Trappeln von Schritten in der Entfernung und blickte aufmerksam hin, halb in der Hoffnung, daß die Maus sich besonnen habe und zurückkomme, ihre Geschichte auszuerzählen.

Die Wohnung des Kaninchens

Es war das weiße Kaninchen, das langsam zurückgewandert kam, indem es sorgfältig beim Gehen umhersah, als ob es etwas verloren hätte, und sie hörte wie es für sich murmelte: „die Herzogin! die Herzogin! Oh, meine weichen Pfoten! o mein Fell und Knebelbart! Sie wird mich hängen lassen, so gewiß Frettchen Frettchen sind! Wo ich sie kann haben fallen lassen, begreife ich nicht!“ Alice errieth augenblicklich, daß es den Fächer und die weißen Glaceehandschuhe meinte, und gutmüthig genug fing sie an, danach umher zu suchen, aber sie waren nirgends zu sehen – Alles schien seit ihrem Bade in dem Pfuhl verwandelt zu sein, und der große Corridor mit dem Glastische und der kleinen Thür war gänzlich verschwunden.

Das Kaninchen erblickte Alice bald, und wie sie überall suchte, rief es ihr ärgerlich zu: „Was, Marianne, was hast du hier zu schaffen? Renne augenblicklich nach Hause, und hole mir ein Paar Handschuhe und einen Fächer! Schnell, vorwärts!“ Alice war so erschrocken, daß sie schnell in der angedeuteten Richtung fortlief, ohne ihm zu erklären, daß es sich versehen habe.

„Es hält mich für sein Hausmädchen,“ sprach sie bei sich selbst und lief weiter. „Wie es sich wundern wird, wenn es erfährt, wer ich bin! Aber ich will ihm lieber seinen Fächer und seine Handschuhe bringen – nämlich, wenn ich sie finden kann.“ Wie sie so sprach, kam sie an ein nettes kleines Haus, an dessen Thür ein glänzendes Messingschild war mit dem Namen „*W. Kaninchen*“ darauf. Sie ging hinein ohne anzuklopfen, lief die Treppe hinauf, in großer Angst, der wirklichen Marianne zu begegnen und zum Hause hinausgewiesen zu werden, ehe sie den Fächer und die Handschuhe gefunden hätte.

„Wie komisch es ist,“ sagte Alice bei sich, „Besorgungen für ein Kaninchen zu machen! Vermuthlich wird mir Dinah nächstens Aufträge geben!“ Und sie dachte sich schon aus, wie es Alles kommen würde:

„Fräulein Alice! Kommen Sie gleich, es ist Zeit zum Ausgehen für Sie!“ „Gleich Kinderfrau! aber ich muß dieses Mäuseloch hier bewachen bis

Dinah wiederkommt, und aufpassen, daß die Maus nicht herauskommt." „Nur würde Dinah," dachte Alice weiter, „gewiß nicht im Hause bleiben dürfen, wenn sie anfinge, die Leute so zu commandiren."

Mittlerweile war sie in ein sauberes kleines Zimmer gelangt, mit einem Tisch vor dem Fenster und darauf (wie sie gehofft hatte) ein Fächer und zwei oder drei Paar winziger weißer Glaceehandschuhe; sie nahm den Fächer und ein Paar Handschuhe und wollte eben das Zimmer verlassen, als ihr Blick auf ein Fläschchen fiel, das bei dem Spiegel stand. Diesmal war kein Zettel mit den Worten *„Trink mich"* darauf, aber trotzdem zog sie den Pfropfen heraus und setzte es an die Lippen. „Ich weiß, *etwas* Merkwürdiges muß geschehen, sobald ich esse oder trinke; drum will ich versuchen, was dies Fläschchen thut. Ich hoffe, es wird mich wieder größer machen; denn es ist mir sehr langweilig, solch winzig kleines Ding zu sein!"

Richtig, und zwar schneller als sie erwartete: ehe sie das Fläschchen halb ausgetrunken hatte fühlte sie, wie ihr Kopf an die Decke stieß, und mußte sich rasch bücken, um sich nicht den Hals zu brechen. Sie stellte die Flasche hin, indem sie zu sich sagte: „Das ist ganz genug – ich hoffe, ich werde nicht weiter wachsen – ich kann so schon nicht zur Thüre hinaus – hätte ich nur nicht so viel getrunken!"

O weh! es war zu spät, dies zu wünschen. Sie wuchs und wuchs, und mußte sehr bald auf den Fußboden niederknien; den nächsten Augenblick war selbst dazu nicht Platz genug, sie legte sich nun hin, mit einem Ellbogen gegen die Thür gestemmt und den andern Arm unter dem Kopfe. Immer noch wuchs sie, und als letzte Hülfsquelle streckte sie einen Arm zum Fenster hinaus und einen Fuß in den Kamin hinauf, und sprach zu sich selbst: „Nun kann ich nicht mehr thun, was auch geschehen mag. Was *wird* nur aus mir werden?"

Zum Glück für Alice hatte das Zauberfläschchen nun seine volle Wirkung gehabt, und sie wuchs nicht weiter. Aber es war sehr unbequem, und da durchaus keine Aussicht war, daß sie je wieder aus dem Zimmer hinaus komme, so war sie natürlich sehr unglücklich.

„Es war viel besser zu Hause," dachte die arme Alice, „wo man nicht fortwährend größer und kleiner wurde, und sich nicht von Mäusen und Kaninchen commandiren zu lassen brauchte. Ich wünschte fast, ich wäre nicht in den Kaninchenbau hineingelaufen – aber – aber, es ist doch komisch, diese Art Leben! Ich möchte wohl wissen, was eigentlich mit mir vorgegangen ist! Wenn ich Märchen gelesen habe, habe ich immer gedacht, so etwas käme nie vor, nun bin ich mitten drin in einem! Es sollte ein Buch von mir geschrieben werden, und wenn ich groß bin, will ich eins schreiben – aber ich bin ja jetzt groß," sprach sie betrübt weiter, „wenigstens *hier* habe ich keinen Platz übrig, noch größer zu werden."

„Aber," dachte Alice, „werde ich denn nie älter werden, als ich jetzt bin? das ist ein Trost – nie eine alte Frau zu sein – aber dann – immer Aufgaben zu lernen zu haben! Oh, *das* möchte ich nicht gern!"

„O, du einfältige Alice," schalt sie sich selbst. „Wie kannst du hier Aufgaben lernen? Sieh doch, es ist kaum Platz genug für dich, viel weniger für irgend ein Schulbuch!"

Und so redete sie fort; erst als eine Person, dann die andere, und hatte so eine lange Unterhaltung mit sich selbst; aber nach einigen Minuten hörte sie draußen eine Stimme und schwieg still, um zu horchen.

„Marianne! Marianne!" sagte die Stimme, „hole mir gleich meine Handschuhe!" dann kam ein Trappeln von kleinen Füßen die Treppe herauf. Alice wußte, daß es das Kaninchen war, das sie suchte, und sie zitterte so sehr, daß sie das ganze Haus erschütterte; sie hatte ganz vergessen, daß sie jetzt wohl tausend Mal so groß wie das Kaninchen war und keine Ursache hatte, sich vor ihm zu fürchten.

Jetzt kam das Kaninchen an die Thür und wollte sie aufmachen; da aber die Thür nach innen aufging und Alice's Ellbogen fest dagegen gestemmt war, so war es ein vergeblicher Versuch. Alice hörte, wie es zu sich selbst sprach: „dann werde ich herum gehen und zum Fenster hineinsteigen."

„Das wirst du nicht thun," dachte Alice, und nachdem sie gewartet hatte, bis sie das Kaninchen dicht unter dem Fenster zu hören glaubte, streckte sie mit einem Male ihre Hand aus und griff in die Luft. Sie faßte zwar nichts, hörte aber eine schwachen Schrei und einen Fall, dann das Geklirr von zerbrochenem Glase, woraus sie schloß, daß es wahrscheinlich in ein Gurkenbeet gefallen sei, oder etwas dergleichen.

Demnächst kam eine ärgerliche Stimme – die des Kaninchens – „Pat! Pat! wo bist du?" und dann eine Stimme, die sie noch nicht gehört hatte: „Wo soll ich sind? ich bin hier! grabe Äpfel aus, Euer Jnaden!"

„Äpfel ausgraben? so!" sagte das Kaninchen ärgerlich. „Hier! komm und hilf mir heraus!" (Noch mehr Geklirr von Glasscherben.)

„Nun sage mir, Pat, was ist das da oben im Fenster?"

„Wat soll's sind? 's is en Arm, Euer Jnaden!" (Er sprach es „Arrum" aus.)

„Ein Arm, du Esel! Wer hat je einen so großen Arm gesehen? er nimmt ja das ganze Fenster ein!"

„Zu dienen, des thut er, Eurer Jnaden; aber en Arm is es, und en Arm bleebt es."

„Jedenfalls hat er da nichts zu suchen: geh' und schaffe ihn fort!"

Darauf folgte eine lange Pause, während welcher Alice sie nur einzelne Worte flüstern hörte, wie: „Zu dienen, des scheint mer nich, Eurer Jnaden, jar nich, jar nich!" „Thu', was ich dir sage, feige Memme!" zuletzt streckte sie die Hand wieder aus und that einen Griff in die Luft. Diesmal hörte sie ein leises Wimmern und noch mehr Geklirr von Glasscherben. „Wie viel Gurkenbeete da sein müssen!" dachte Alice. „Mich soll doch wundern, was sie nun thun werden! Mich zum Fenster hinaus ziehen? ja, wenn sie das nur könnten! Ich bliebe wahrlich nicht länger hier!"

Sie wartete eine Zeit lang, ohne etwas zu hören; endlich kam ein Rollen von kleinen Leiterwagen, und ein Lärm von einer Menge Stimmen, alle durcheinander; sie verstand die Worte: „Wo ist die andere Leiter? – Ich sollte ja nur eine bringen; Wabbel hat die andere – Wabbel, bringe sie her, Junge! – Lehnt sie hier gegen diese Ecke – Nein, sie müssen erst zusammengebunden werden – sie reichen nicht halb hinauf – Ach, was werden sie nicht reichen: seid nicht so umständlich – Hier, Wabbel! fange den Strick – Wird das Dach auch tragen? – Nimm dich mit dem losen Schiefer in Acht – oh, da fällt er! Köpfe weg!" (ein lautes Krachen) – „Wessen Schuld war das? – Wabbel's glaube ich – Wer soll in den Schornstein steigen? – Ich nicht, so viel weiß ich! Ihr aber doch, nicht wahr? – Nicht ich, meiner Treu! – Wabbel kann hineinsteigen – Hier, Wabbel! der Herr sagt, du sollst in den Schornstein steigen!"

„So, also Wabbel soll durch den Schornstein hereinkommen, wirklich?" sagte Alice zu sich selbst. „Sie scheinen mir Alles auf Wabbel zu schieben: ich möchte um Alles nicht an Wabbel's Stelle sein; der Kamin ist freilich eng, aber etwas werde ich doch wohl mit dem Fuße ausschlagen können!"

Sie zog ihren Fuß so weit herunter, wie sie konnte, und wartete, bis sie ein kleines Thier (sie konnte nicht rathen, was für eine Art es sei) in dem

Schornstein kratzen und klettern hörte; als es dicht über ihr war, sprach sie bei sich: „Dies ist Wabbel," gab einen kräftigen Stoß in die Höhe, und wartete dann der Dinge, die da kommen würden.

Zuerst hörte sie einen allgemeinen Chor: „Da fliegt Wabbel!" dann die Stimme des Kaninchens allein: – „Fangt ihn auf, ihr da bei der Hecke!" darauf Stillschweigen, dann wieder verworrene Stimmen: – „Haltet ihm den Kopf – etwas Branntwein – Ersticke ihn doch nicht – Wie geht's, alter Kerl? Was ist dir denn geschehen? erzähle uns Alles!"

Zuletzt kam eine kleine schwache, quiekende Stimme („das ist Wabbel," dachte Alice): „Ich weiß es ja selbst nicht – Keinen mehr, danke! Ich bin schon viel besser – aber ich bin viel zu aufgeregt, um euch zu erzählen – Ich weiß nur, da kommt ein Ding in die Höhe, wie'n Dosen-Stehauf, und auf fliege ich wie 'ne Rackete!"

„Ja, das hast du gethan, alter Kerl!" sagten die Andern.

„Wir müssen das Haus niederbrennen!" rief das Kaninchen; da schrie Alice so laut sie konnte: „Wenn ihr das thut, werde ich Dinah über euch schicken!"

Sogleich entstand tiefes Schweigen, und Alice dachte bei sich: „Was sie wohl jetzt thun werden? Wenn sie Menschenverstand hätten, würden sie das Dach abreißen." Nach einer oder zwei Minuten fingen sie wieder an sich zu rühren, und Alice hörte das Kaninchen sagen: „Eine Karre voll ist vor der Hand genug."

„Eine Karre voll was?" dachte Alice; doch blieb sie nicht lange im Zweifel, denn den nächsten Augenblick kam ein Schauer von kleinen Kieseln zum Fenster herein geflogen, von denen ein Paar sie gerade in's Gesicht trafen. „Dem will ich ein Ende machen," sagte sie bei sich und schrie hinaus: „Das laßt mir gefälligst bleiben!" worauf wieder tiefe Stille erfolgte.

Alice bemerkte mit einigem Erstaunen, daß die Kiesel sich alle in kleine Kuchen verwandelten, als sie auf dem Boden lagen, und dies brachte sie auf einen glänzenden Gedanken. „Wenn ich einen von diesen Kuchen esse," dachte sie, „wird es gewiß meine Größe verändern; und da ich unmöglich noch mehr wachsen kann, so wird es mich wohl kleiner machen, vermuthe ich."

Sie schluckte demnach einen kleinen Kuchen herunter, und merkte zu ihrem Entzücken, daß sie sogleich abnahm. Sobald sie klein genug war, um durch die Thür zu gehen, rannte sie zum Hause hinaus, und fand einen förmlichen Auflauf von kleinen Thieren und Vögeln davor. Die arme kleine Eidechse, Wabbel, war in der Mitte, von zwei Meerschweinchen unterstützt, die ihm etwas aus einer Flasche gaben. Es war ein allgemeiner Sturm auf Alice, sobald sie sich zeigte; sie lief aber so schnell sie konnte davon, und kam sicher in ein dichtes Gebüsch.

„Das Nöthigste, was ich nun zu tun habe," sprach Alice bei sich, wie sie in dem Wäldchen umher wanderte, „ist, meine richtige Größe zu erlangen; und das Zweite, den Weg zu dem wunderhübschen Garten zu finden. Ja, das wird der beste Plan sein."

Es klang freilich wie ein vortrefflicher Plan, und recht nett und einfach ausgedacht; die einzige Schwierigkeit war, daß sie nicht den geringsten Begriff hatte, wie sie ihn ausführen sollte; und während sie so ängstlich zwischen den Bäumen umherguckte, hörte sie plötzlich ein scharfes feines Bellen gerade über ihrem Kopfe und sah eilig auf.

Ein ungeheuer großer junger Hund sah mit seinen hervorstehenden runden Augen auf sie herab und machte einen schwachen Versuch, eine Pfote auszustrecken und sie zu berühren. „Armes kleines Ding!" sagte Alice in liebkosendem Tone, und sie gab sich alle Mühe, ihm zu pfeifen; dabei hatte sie aber große Angst, ob er auch nicht hungrig wäre, denn dann würde er sie wahrscheinlich auffressen trotz allen Liebkosungen.

Ohne recht zu wissen was sie that, nahm sie ein Stäbchen auf und hielt es ihm hin; worauf das ungeschickte Thierchen mit allen vier Füßen zugleich in die Höhe sprang, vor Entzücken laut aufbellte, auf das Stäbchen losrannte und that, als wolle es es zerreißen; da wich Alice ihm aus hinter eine große Distel, um nicht zertreten zu werden; und so wie sie auf der andern Seite hervorkam, lief der junge Hund wieder auf das Stäbchen los und fiel kopfüber in seiner Eile, es zu fangen. Alice, der es vorkam, als wenn Jemand mit einem Fuhrmannspferde Zeck spielt, und die jeden Augenblick fürchtete, unter seine Füße zu gerathen, lief wieder hinter die Distel; da machte der junge Hund eine Reihe von kurzen Anläufen auf das Stäbchen, wobei er jedes Mal ein klein wenig vorwärts und ein gutes Stück zurück rannte und sich heiser bellte, bis er sich zuletzt mit zum Munde heraushängender Zunge und halb geschlossenen Augen, ganz außer Athem hinsetzte.

Dies schien Alice eine gute Gelegenheit zu sein, fortzukommen; sie machte sich also gleich davon, und rannte bis sie ganz müde war und keine Luft mehr hatte, und bis das Bellen nur noch ganz schwach in der Ferne zu hören war.

„Und doch war es ein lieber kleiner Hund!“ sagte Alice, indem sie sich an eine Butterblume lehnte um auszuruhen, und sich mit einem der Blätter fächelte. „Ich hätte ihn gern Kunststücke gelehrt, wenn – wenn ich nur groß genug dazu gewesen wäre! O ja! das hätte ich beinah vergessen, ich muß ja machen, daß ich wieder wachse! Laß sehen – wie fängt man es doch an? Ich dächte, ich sollte irgend etwas essen oder trinken; aber die Frage ist, was?“

Das war in der That die Frage. Alice blickte um sich nach allen Blumen und Grashalmen; aber gar nichts sah aus, als ob es das Rechte sei, das sie unter den Umständen essen oder trinken müsse. In der Nähe wuchs ein großer Pilz, ungefähr so hoch wie sie; nachdem sie ihn sich von unten, von beiden Seiten, rückwärts und vorwärts betrachtet hatte, kam es ihr in den Sinn zu sehen, was oben darauf sei. Sie stellte sich also auf die Fußspitzen und guckte über den Rand des Pilzes, und sogleich begegnete ihr Blick dem einer großen blauen Raupe, die mit kreuzweise gelegten Armen da saß und ruhig aus einer großen Huhka rauchte, ohne die geringste Notiz von ihr noch sonst irgend Etwas zu nehmen.

Guter Rath von einer Raupe

Die Raupe und Alice sahen sich eine Zeit lang schweigend an; endlich nahm die Raupe die Huhka aus dem Munde und redete sie mit schmachtender, langsamer Stimme an. „Wer bist du?“ fragte die Raupe.

Das war kein sehr ermuthigender Anfang einer Unterhaltung. Alice antwortete, etwas befangen: „Ich – ich weiß es nicht recht, diesen Augenblick – vielmehr ich weiß, wer ich heut früh war, als ich aufstand; aber ich glaube, ich muß seitdem ein paar Mal verwechselt worden sein.“

„Was meinst du damit?“ frage die Raupe strenge. „Erkläre dich deutlicher!“

„Ich kann mich nicht deutlicher erklären, fürchte ich, Raupe,“ sagte Alice, „weil ich nicht ich bin, sehen Sie wohl?“

„Ich sehe nicht wohl,“ sagte die Raupe.

„Ich kann es wirklich nicht besser ausdrücken,“ erwiederte Alice sehr höflich, „denn ich kann es selbst nicht begreifen; und wenn man an einem Tage so oft klein und groß wird, wird man ganz verwirrt.“

„Nein, das wird man nicht,“ sagte die Raupe.

„Vielleicht haben Sie es noch nicht versucht,“ sagte Alice, „aber wenn Sie sich in eine Puppe verwandeln werden, das müssen Sie über kurz oder lang wie Sie wissen – und dann in einen Schmetterling, das wird sich doch komisch anfühlen, nicht wahr?“

„Durchaus nicht,“ sagte die Raupe.

„Sie fühlen wahrscheinlich anders darin,“ sagte Alice; „so viel weiß ich, daß es mir sehr komisch sein würde.“

„Dir!“ sagte die Raupe verächtlich. „Wer bist du denn?“

Was sie wieder auf den Anfang der Unterhaltung zurückbrachte. Alice war etwas ärgerlich, daß die Raupe so sehr kurz angebunden war; sie warf den Kopf in die Höhe und sprach sehr ernst: „Ich dächte, Sie sollten mir erst sagen, wer Sie sind?“

„Weshalb?“ fragte die Raupe.

Das war wieder eine schwierige Frage; und da sich Alice auf keinen guten Grund besinnen konnte und die Raupe sehr schlechter Laune zu sein schien, so ging sie ihrer Wege.

„Komm zurück!“ rief ihr die Raupe nach, „ich habe dir etwas Wichtiges zu sagen!“

Das klang sehr einladend; Alice kehrte wieder um und kam zu ihr zurück.

„Sei nicht empfindlich,“ sagte die Raupe.

„Ist das Alles?“ fragte Alice, ihren Ärger so gut sie konnte verbergend.

„Nein,“ sagte die Raupe.

Alice dachte, sie wollte doch warten, da sie sonst nichts zu thun habe, und vielleicht würde sie ihr etwas sagen, das der Mühe werth sei. Einige Minuten lang rauchte die Raupe fort ohne zu reden; aber zuletzt nahm sie die Huhka wieder aus dem Munde und sprach: „Du glaubst also, du bist verwandelt?“

„Ich fürchte es fast, Raupe“ sagte Alice, „ich kann Sachen nicht behalten wie sonst, und ich werde alle zehn Minuten größer oder kleiner!“

„Kannst welche Sachen nicht behalten?“ fragte die Raupe.

„Ach, ich habe versucht zu sagen: Bei einem Wirthe etc.; aber es kam ganz anders!“ antwortete Alice in niedergeschlagenem Tone.

„Sage her: Ihr seid alt, Vater Martin,“ sagte die Raupe.

Alice faltete die Hände und fing an: –

„Ihr seid alt, Vater Martin," so sprach Junker Tropf,
„Euer Haar ist schon lange ganz weiß;
Doch steht ihr so gerne noch auf dem Kopf.
Macht Euch denn das nicht zu heiß?"

„Als ich jung war," der Vater zur Antwort gab,
„Da glaubt' ich, für's Hirn sei's nicht gut;

Doch seit ich entdeckt, daß ich gar keines hab',
So thu' ich's mit fröhlichem Muth."

„Ihr seid alt," sprach der Sohn, „wie vorhin schon gesagt,
Und geworden ein gar dicker Mann;
Drum sprecht, wie ihr rücklings den Purzelbaum schlagt.
Potz tausend! wie fangt ihr's nur an?"

„Als ich jung war," der Alte mit Kopfschütteln sagt',
„Da rieb ich die Glieder mir ein
Mit der Salbe hier, die sie geschmeidig macht.
Für zwei Groschen Courant ist sie dein."

„Ihr seid alt," sprach der Bub', „und könnt nicht recht kau'n,
Und solltet euch nehmen in Acht;
Doch aßt ihr die Gans mit Schnabel und Klau'n;
Wie habt ihr das nur gemacht?"

„Ich war früher Jurist und hab' viel disputirt
Besonders mit meiner Frau;
Das hat so mir die Kinnbacken einexercirt,
Daß ich jetzt noch mit Leichtigkeit kau!"

„Ihr seid alt," sagt der Sohn, „und habt nicht viel Witz,
Und doch seid ihr so geschickt;
Balancirt einen Aal auf der Nasenspitz'!
Wie ist euch das nur geglückt?"

„Drei Antworten hast du, und damit genug,
Nun laß mich kein Wort mehr hören;
Du Guck in die Welt thust so überklug,
Ich werde dich Mores lehren!"

„Das ist nicht richtig," sagte die Raupe.

„Nicht ganz richtig, glaube ich," sagte Alice schüchtern; „manche Wörter sind anders gekommen."

„Es ist von Anfang bis zu Ende falsch," sagte die Raupe mit Entschiedenheit, worauf eine Pause von einigen Minuten eintrat.

Die Raupe sprach zuerst wieder.

„Wie groß möchtest du gern sein?" fragte sie.

„Oh, es kommt nicht so genau darauf an," erwiederte Alice schnell; „nur das viele Wechseln ist nicht angenehm, nicht wahr?"

„Nein, es ist nicht wahr!“ sagte die Raupe.

Alice antwortete nichts; es war ihr im Leben nicht so viel widersprochen worden, und sie fühlte, daß sie wieder anfing, empfindlich zu werden.

„Bist du jetzt zufrieden?“ sagte die Raupe.

„Etwas größer, Frau Raupe, wäre ich gern, wenn ich bitten darf,“ sagte Alice; „drei und einen halben Zoll ist gar zu winzig.“

„Es ist eine sehr angenehme Größe, finde ich,“ sagte die Raupe zornig und richtete sich dabei in die Höhe (sie war gerade drei Zoll hoch).

„Aber ich bin nicht daran gewöhnt!“ vertheidigte sich die arme Alice in weinerlichem Tone. Bei sich dachte sie: „Ich wünschte, alle diese Geschöpfe nähmen nicht Alles gleich übel.“

„Du wirst es mit der Zeit gewohnt werden,“ sagte die Raupe, steckte ihre Huhka in den Mund und fing wieder an zu rauchen.

Diesmal wartete Alice geduldig, bis es ihr gefällig wäre zu reden. Nach zwei oder drei Minuten nahm die Raupe die Huhka aus dem Munde, gähnte ein bis zwei Mal und schüttelte sich. Dann kam sie von dem Pilze herunter, kroch in's Gras hinein und bemerkte blos bei'm Weggehen: „Die eine Seite macht dich größer, die andere Seite macht dich kleiner.“

„Eine Seite wovon? die andere Seite wovon?“ dachte Alice bei sich.

„Von dem Pilz,“ sagte die Raupe, gerade als wenn sie laut gefragt hätte; und den nächsten Augenblick war sie nicht mehr zu sehen.

Alice blieb ein Weilchen gedankenvoll vor dem Pilze stehen, um ausfindig zu machen, welches seine beiden Seiten seien; und da er vollkommen rund war, so fand sie die Frage schwierig zu beantworten. Zuletzt aber reichte sie mit beiden Armen, so weit sie herum konnte, und brach mit jeder Hand etwas vom Rande ab.

„Nun aber, welches ist das rechte?“ sprach sie zu sich, und biß ein wenig von dem Stück in ihrer rechten Hand ab, um die Wirkung auszuprobiren; den nächsten Augenblick fühlte sie einen heftigen Schmerz am Kinn, es hatte an ihren Fuß angestoßen!

Über diese plötzliche Verwandlung war sie sehr erschrocken, aber da war keine Zeit zu verlieren, da sie sehr schnell kleiner wurde; sie machte sich also gleich daran, etwas von dem andern Stück zu essen. Ihr Kinn war so dicht an ihren Fuß gedrückt, daß ihr kaum Platz genug blieb, den Mund aufzumachen; endlich aber gelang es ihr, ein wenig von dem Stück in ihrer linken Hand herunter zu schlucken.

***

„Ah! endlich ist mein Kopf frei!" rief Alice mit Entzücken, das sich jedoch den nächsten Augenblick in Angst verwandelte, da sie merkte, daß ihre Schultern nirgends zu finden waren: als sie hinunter sah, konnte sie weiter nichts erblicken, als einen ungeheuer langen Hals, der sich wie eine Stange aus einem Meer von grünen Blättern erhob, das unter ihr lag.

„Was mag all das grüne Zeug sein?" sagte Alice. „Und wo sind meine Schultern nur hingekommen? Und ach, meine armen Hände, wie geht es zu, daß ich euch nicht sehen kann?" Sie griff bei diesen Worten um sich, aber es erfolgte weiter nichts, als eine kleine Bewegung in den entfernten grünen Blättern.

Da es ihr nicht gelang, die Hände zu ihrem Kopfe zu erheben, so versuchte sie, den Kopf zu ihnen hinunter zu bücken, und fand zu ihrem Entzücken, daß sie ihren Hals in alle Richtungen biegen und wenden konnte, wie eine Schlange. Sie hatte ihn gerade in ein malerisches Zickzack gewunden und wollte eben in das Blättermeer hinunter tauchen, das, wie sie sah, durch die Gipfel der Bäume gebildet wurde, unter denen sie noch eben herum gewandert war, als ein lautes Rauschen sie plötzlich zurückschreckte: eine große Taube kam ihr in's Gesicht geflogen und schlug sie heftig mit den Flügeln.

„Schlange!" kreischte die Taube.

„Ich bin *keine* Schlange!" sagte Alice mit Entrüstung. „Laß mich in Ruhe!"

„Schlange sage ich!“ wiederholte die Taube, aber mit gedämpfter Stimme, und fuhr schluchzend fort: „Alles habe ich versucht, und nichts ist ihnen genehm!“

„Ich weiß gar nicht, wovon du redest,“ sagte Alice.

„Baumwurzeln habe ich versucht, Flußufer habe ich versucht, Hecken habe ich versucht,“ sprach die Taube weiter, ohne auf sie zu achten; „aber diese Schlangen! Nichts ist ihnen recht!“

Alice verstand immer weniger; aber sie dachte, es sei unnütz etwas zu sagen, bis die Taube fertig wäre.

„Als ob es nicht Mühe genug wäre, die Eier auszubrüten,“ sagte die Taube, „da muß ich noch Tag und Nacht den Schlangen aufpassen! Kein Auge habe ich die letzten drei Wochen zugethan!“

„Es thut mir sehr leid, daß du so viel Verdruß gehabt hast,“ sagte Alice, die zu verstehen anfing, was sie meinte.

„Und gerade da ich mir den höchsten Baum im Walde ausgesucht habe,“ fuhr die Taube mit erhobener Stimme fort, „und gerade da ich dachte, ich wäre sie endlich los, müssen sie sich sogar noch vom Himmel herunterwinden! Pfui! Schlange!“

„Aber ich bin *keine* Schlange, sage ich dir!“ rief Alice, „ich bin ein – ich bin ein –“

„Nun, was bist du denn?“ fragte die Taube. „Ich merke wohl, daß du dir etwas ausdenken willst!“

„Ich – ich bin ein kleines Mädchen,“ sagte Alice etwas unsicher, da sie an die vielfachen Verwandlungen dachte, die sie den Tag über schon durchgemacht hatte.

„Eine schöne Ausrede, wahrhaftig!“ sagte die Taube im Tone tiefster Verachtung. „Ich habe mein Lebtag genug kleine Mädchen gesehen, aber nie eine mit solch einem Hals! Nein, nein! du bist eine Schlange! das kannst du nicht abläugnen. Du wirst am Ende noch behaupten, daß du nie ein Ei gegessen hast.“

„Ich *habe* Eier gegessen, freilich," sagte Alice, die ein sehr wahrheitsliebendes Kind war; „aber kleine Mädchen essen Eier eben so gut wie Schlangen."

„Das glaube ich nicht," sagte die Taube; „wenn sie es aber thun, nun dann sind sie eine Art Schlangen, so viel weiß ich."

Das war etwas so Neues für Alice, daß sie ein Paar Minuten ganz still schwieg; die Taube benutzte die Gelegenheit und fuhr fort: „Du suchst Eier, das weiß ich nur zu gut, und was kümmert es mich, ob du ein kleines Mädchen oder eine Schlange bist?"

„Aber mich kümmert es sehr," sagte Alice schnell; „übrigens suche ich zufällig nicht Eier, und wenn ich es thäte, so würde ich deine nicht brauchen können; ich esse sie nicht gern roh."

„Dann mach', daß du fortkommst!" sagte die Taube verdrießlich, indem sie sich in ihrem Nest wieder zurecht setzte. Alice duckte sich unter die Bäume so gut sie konnte; denn ihr Hals verwickelte sich fortwährend in die Zweige, und mehrere Male mußte sie anhalten und ihn losmachen. Nach einer Weile fiel es ihr wieder ein, daß sie noch die Stückchen Pilz in den Händen hatte, und sie machte sich sorgfältig daran, knabberte bald an dem einen, bald an dem andern, und wurde abwechselnd größer und kleiner, bis es ihr zuletzt gelang, ihre gewöhnliche Größe zu bekommen.

Es war so lange her, daß sie auch nur ungefähr ihre richtige Größe gehabt hatte, daß es ihr erst ganz komisch vorkam; aber nach einigen Minuten hatte sie sich daran gewöhnt und sprach mit sich selbst wie gewöhnlich. „Schön, nun ist mein Plan ausgeführt! Wie verwirrt man von dem vielen Wechseln wird! Ich weiß nie, wie ich den nächsten Augenblick sein werde! Doch jetzt habe ich meine richtige Größe: nun kommt es darauf an, in den schönen Garten zu gelangen – wie kann ich das anstellen? das möchte ich wissen!" Wie sie dies sagte, kam sie in eine Lichtung mit einem Häuschen in der Mitte, ungefähr vier Fuß hoch. „Wer auch darin wohnen mag, es geht nicht an, daß ich so groß wie ich jetzt bin hineingehe: sie würden vor Angst nicht wissen wohin!" Also knabberte sie wieder an dem Stückchen in der rechten Hand, und wagte sich nicht an das Häuschen heran, bis sie sich auf neun Zoll herunter gebracht hatte.

Ferkel und Pfeffer

Noch ein bis zwei Augenblicke stand sie und sah das Häuschen an, ohne recht zu wissen was sie nun thun solle, als plötzlich ein Lackei in Livree vom Walde her gelaufen kam – (sie hielt ihn für einen Lackeien, weil er Livree trug, sonst, nach seinem Gesichte zu urtheilen, würde sie ihn für einen Fisch angesehen haben) – und mit den Knöcheln laut an die Thür klopfte. Sie wurde von einem andern Lackeien in Livree geöffnet, der ein rundes Gesicht und große Augen wie ein Frosch hatte, und beide Lackeien hatten, wie Alice bemerkte, gepuderte Lockenperücken über den ganzen Kopf. Sie war sehr neugierig, was nun geschehen würde, und schlich sich etwas näher, um zuzuhören.

Der Fisch-Lackei fing damit an, einen ungeheuren Brief, beinah so groß wie er selbst, unter dem Arme hervorzuziehen; diesen überreichte er dem anderen, in feierlichem Tone sprechend: „Für die Herzogin. Eine Einladung von der Königin, Croquet zu spielen." Der Frosch-Lackei erwiederte in demselben feierlichen Tone, indem er nur die Aufeinanderfolge der Wörter etwas veränderte: „Von der Königin. Eine Einladung für die Herzogin, Croquet zu spielen."

Dann verbeugten sich Beide tief, und ihre Locken verwickelten sich in einander.

Darüber lachte Alice so laut, daß sie in das Gebüsch zurücklaufen mußte, aus Furcht, sie möchten sie hören, und als sie wieder herausguckte, war der Fisch-Lackei fort, und der andere saß auf dem Boden bei der Thür und sah dumm in den Himmel hinauf.

Alice ging furchtsam auf die Thür zu und klopfte.

„Es ist durchaus unnütz, zu klopfen," sagte der Lackei, „und das wegen zweier Gründe. Erstens weil ich an derselben Seite von der Thür bin wie du, zweitens, weil sie drinnen einen solchen Lärm machen, daß man dich unmöglich hören kann." Und wirklich war ein ganz merkwürdiger Lärm drinnen, ein fortwährendes Heulen und Niesen, und von Zeit zu Zeit ein lautes Krachen, als ob eine Schüssel oder ein Kessel zerbrochen wäre.

„Bitte," sagte Alice, „wie soll ich denn hineinkommen?"

„Es wäre etwas Sinn und Verstand darin, anzuklopfen," fuhr der Lackei fort, ohne auf sie zu hören, „wenn wir die Thür zwischen uns hätten. Zum Beispiel, wenn du drinnen wärest, könntest du klopfen, und ich könnte dich herauslassen, nicht wahr?" Er sah die ganze Zeit über, während er sprach, in den Himmel hinauf, was Alice entschieden sehr unhöflich fand. „Aber vielleicht kann er nicht dafür," sagte sie bei sich; „seine Augen sind so hoch oben auf seiner Stirn. Aber jedenfalls könnte er mir antworten. – Wie soll ich denn hineinkommen?" wiederholte sie laut.

„Ich werde hier sitzen," sagte der Lackei, „bis morgen –"

In diesem Augenblicke ging die Thür auf, und ein großer Teller kam heraus geflogen, gerade auf den Kopf des Lackeien los; er strich aber über seine Nase hin und brach an einem der dahinterstehenden Bäume in Stücke.

„– oder übermorgen, vielleicht," sprach der Lackei in demselben Tone fort, als ob nichts vorgefallen wäre.

„Wie soll ich denn hineinkommen?" fragte Alice wieder, lauter als vorher.

„Sollst du überhaupt hineinkommen?" sagte der Lackei. „Das ist die erste Frage, nicht wahr?"

Das war es allerdings; nur ließ sich Alice das nicht gern sagen. „Es ist wirklich schrecklich," murmelte sie vor sich hin, „wie naseweis alle diese Geschöpfe sind. Es könnte Einen ganz verdreht machen!"

Der Lackei schien dies für eine gute Gelegenheit anzusehen, seine Bemerkung zu wiederholen, und zwar mit Variationen. „Ich werde hier sitzen," sagte er, „ab und an, Tage und Tage lang."

„Was soll ich aber thun?" frage Alice.

„Was dir gefällig ist," sagte der Lackei, und fing an zu pfeifen.

„Es hilft zu nichts, mit ihm zu reden," sagte Alice außer sich, „er ist vollkommen blödsinnig!" Sie klinkte die Thür auf und ging hinein.

Die Thür führte geradewegs in eine große Küche, welche von einem Ende bis zum andern voller Rauch war; in der Mitte saß auf einem dreibeinigen Schemel die Herzogin, mit einem Wickelkinde auf dem Schoße; die Köchin stand über das Feuer gebückt und rührte in einer großen Kasserole, die voll Suppe zu sein schien.

„In der Suppe ist gewiß zu viel Pfeffer!" sprach Alice für sich, so gut sie vor Niesen konnte.

Es war wenigstens zu viel in der Luft. Sogar die Herzogin nieste hin und wieder; was das Wickelkind anbelangt, so nieste und schrie es abwechselnd ohne die geringste Unterbrechung. Die beiden einzigen Wesen in der Küche, die nicht niesten, waren die Köchin und eine große Katze, die vor dem Herde saß und grinste, sodaß die Mundwinkel bis an die Ohren reichten.

„Wollen Sie mir gütigst sagen,“ fragte Alice etwas furchtsam, denn sie wußte nicht recht, ob es sich für sie schicke zuerst zu sprechen, „warum Ihre Katze so grinst?“

„Es ist eine Grinse-Katze,“ sagte die Herzogin, „darum! Ferkel!“

Das letzte Wort sagte sie mit solcher Heftigkeit, daß Alice auffuhr; aber den nächsten Augenblick sah sie, daß es dem Wickelkinde galt, nicht ihr; sie faßte also Muth und redete weiter: –

„Ich wußte nicht, daß Katzen manchmal grinsen; ja ich wußte nicht, daß Katzen überhaupt grinsen können.“

„Sie können es alle,“ sagte die Herzogin, „und die meisten thun es.“

„Ich kenne keine, die es thut,“ sagte Alice sehr höflich, da sie ganz froh war, eine Unterhaltung angeknüpft zu haben.

„Du kennst noch nicht viel,“ sagte die Herzogin, „und das ist die Wahrheit.“

Alice gefiel diese Bemerkung gar nicht, und sie dachte daran, welchen andern Gegenstand der Unterhaltung sie einführen könnte. Während sie sich auf etwas Passendes besann, nahm die Köchin die Kasserole mit Suppe vom Feuer und fing sogleich an, Alles was sie erreichen konnte nach der Herzogin und dem Kinde zu werfen – die Feuerzange kam zuerst, dann folgte ein Hagel von Pfannen, Tellern und Schüsseln. Die Herzogin beachtete sie gar nicht, auch wenn sie sie trafen; und das Kind heulte schon so laut, daß es unmöglich war zu wissen, ob die Stöße ihm weh thaten oder nicht.

„Oh, bitte, nehmen Sie sich in Acht, was Sie thun!“ rief Alice, die in wahrer Herzensangst hin und her sprang. „Oh, seine liebe kleine Nase!“ als eine besonders große Pfanne dicht daran vorbeifuhr und sie beinah abstieß.

„Wenn Jeder nur vor seiner Thür fegen wollte,“ brummte die Herzogin mit heiserer Stimme, „würde die Welt sich bedeutend schneller drehen, als jetzt.“

„Was kein Vortheil wäre," sprach Alice, die sich über die Gelegenheit freute, ihre Kenntnisse zu zeigen. „Denken Sie nur, wie es Tag und Nacht in Unordnung bringen würde! Die Erde braucht doch jetzt vier und zwanzig Stunden, sich um ihre Achse zu drehen –"

„Was, du redest von Axt?" sagte die Herzogin. „Hau' ihr den Kopf ab!"

Alice sah sich sehr erschrocken nach der Köchin um, ob sie den Wink verstehen würde; aber die Köchin rührte die Suppe unverwandt und schien nicht zuzuhören, daher fuhr sie fort: „Vier und zwanzig Stunden, glaube ich; oder sind es zwölf? Ich –"

„Ach laß mich in Frieden," sagte die Herzogin, „ich habe Zahlen nie ausstehen können!" Und damit fing sie an, ihr Kind zu warten und eine Art Wiegenlied dazu zu singen, wovon jede Reihe mit einem derben Puffe für das Kind endigte: –

„Schilt deinen kleinen Jungen aus,
Und schlag' ihn, wenn er niest;
Er macht es gar so bunt und kraus,
Nur weil es uns verdrießt."

Chor
(in welchen die Köchin und das Wickelkind einfielen).
„Wau! wau! wau!"

Während die Herzogin den zweiten Vers des Liedes sang, schaukelte sie das Kind so heftig auf und nieder, und das arme kleine Ding schrie so, daß Alice kaum die Worte verstehen konnte: –

„Ich schelte meinen kleinen Wicht,
Und schlag' ihn, wenn er niest;
Ich weiß, wie gern er Pfeffer riecht,
Wenn's ihm gefällig ist."

Chor.
„Wau! wau! wau!"

„Hier, du kannst ihn ein Weilchen warten, wenn du willst!“ sagte die Herzogin zu Alice, indem sie ihr das Kind zuwarf. „Ich muß mich zurecht machen, um mit der Königin Croquet zu spielen,“ damit rannte sie aus dem Zimmer. Die Köchin warf ihr eine Bratpfanne nach; aber sie verfehlte sie noch eben.

Alice hatte das Kind mit Mühe und Noth aufgefangen, da es ein kleines unförmiges Wesen war, das seine Arme und Beinchen nach allen Seiten ausstreckte, „gerade wie ein Seestern,“ dachte Alice. Das arme kleine Ding stöhnte wie eine Lokomotive, als sie es fing, und zog sich zusammen und streckte sich wieder aus, so daß sie es die ersten Paar Minuten nur eben halten konnte.

Sobald sie aber die rechte Art entdeckt hatte, wie man es tragen mußte (die darin bestand, es zu einer Art Knoten zu drehen, und es dann fest beim rechten Ohr und linken Fuß zu fassen, damit es sich nicht wieder aufwickeln konnte), brachte sie es in's Freie. „Wenn ich dies Kind nicht mit mir nehme,“ dachte Alice, „so werden sie es in wenigen Tagen umgebracht haben; wäre es nicht Mord, es da zu lassen?“ Sie sprach die letzten Worte laut, und das kleine Geschöpf grunzte zur Antwort (es hatte mittlerweile aufgehört zu niesen). „Grunze nicht,“ sagte Alice, „es paßt sich gar nicht für dich, dich so auszudrücken.“

Der Junge grunzte wieder, so daß Alice ihm ganz ängstlich in's Gesicht sah, was ihm eigentlich fehle. Er hatte ohne Zweifel eine sehr hervorstehende Nase, eher eine Schnauze als eine wirkliche Nase; auch seine Augen wurden entsetzlich klein für einen kleinen Jungen: Alles zusammen genommen, gefiel Alice das Aussehen des Kindes gar nicht. „Aber vielleicht hat es nur geweint,“ dachte sie und sah ihm wieder in die Augen ob Thränen da seien.

Nein, es waren keine Thränen da. „Wenn du ein kleines Ferkel wirst, höre mal,“ sagte Alice sehr ernst, „so will ich nichts mehr mit dir zu schaffen haben, das merke dir!“ Das arme kleine Ding schluchzte (oder grunzte, es war unmöglich, es zu unterscheiden), und dann gingen sie eine Weile stillschweigend weiter.

Alice fing eben an, sich zu überlegen: „Nun, was soll ich mit diesem Geschöpf anfangen, wenn ich es mit nach Hause bringe?“ als es wieder grunzte, so laut, daß Alice erschrocken nach ihm hinsah. Diesmal konnte sie sich nicht mehr irren: es war nichts mehr oder weniger als ein Ferkel, und sie sah, daß es höchst lächerlich für sie wäre, es noch weiter zu tragen.

Sie setzte also das kleine Ding hin und war ganz froh, als sie es ruhig in den Wald traben sah. „Das wäre in einigen Jahren ein furchtbar häßliches Kind geworden; aber als Ferkel macht es sich recht nett, finde ich.“ Und so dachte sie alle Kinder durch, die sie kannte, die gute kleine Ferkel abgeben würden, und sagte gerade für sich: „wenn man nur die rechten Mittel wüßte, sie zu verwandeln –“ als sie einen Schreck bekam; die Grinse-Katze saß nämlich wenige Fuß von ihr auf einem Baumzweige.

Die Katze grinste nur, als sie Alice sah. „Sie sieht gutmüthig aus,“ dachte diese; aber doch hatte sie *sehr* lange Krallen und eine Menge Zähne. Alice fühlte wohl, daß sie sie rücksichtsvoll behandeln müsse.

„Grinse-Miez,“ fing sie etwas ängstlich an, da sie nicht wußte, ob ihr der Name gefallen würde: jedoch grinste sie noch etwas breiter. „Schön, so weit gefällt es ihr,“ dachte Alice und sprach weiter: „willst du mir wohl sagen, wenn ich bitten darf, welchen Weg ich hier nehmen muß?“

„Das hängt zum guten Theil davon ab, wohin du gehen willst,“ sagte die Katze.

„Es kommt mir nicht darauf an, wohin –“ sagte Alice.

„Dann kommt es auch nicht darauf an, welchen Weg du nimmst,“ sagte die Katze.

„– wenn ich nur *irgendwo* hinkomme,“ fügte Alice als Erklärung hinzu.

„O, das wirst du ganz gewiß,“ sagte die Katze, „wenn du nur lange genug gehest.“

Alice sah, daß sie nichts dagegen einwenden konnte; sie versuchte daher eine andere Frage. „Was für eine Art Leute wohnen hier in der Nähe?!“

„In *der* Richtung,“ sagte die Katze, die rechte Pfote schwenkend, „wohnt ein Hutmacher, und in jener Richtung,“ die andere Pfote schwenkend, „wohnt ein Faselhase. Besuche welchen du willst: sie sind beide toll.“

„Aber ich mag nicht zu tollen Leuten gehen," bemerkte Alice.

„Oh, das kannst du nicht ändern," sagte die Katze: „wir sind alle toll hier. Ich bin toll. Du bist toll."

„Woher weißt du, daß ich toll bin?" fragte Alice.

„Du mußt es sein," sagte die Katze, „sonst wärest du nicht hergekommen."

Alice fand durchaus nicht, daß das ein Beweis sei; sie fragte jedoch weiter: „Und woher weißt du, daß du toll bist?"

„Zu allererst," sagte die Katze, „ein Hund ist nicht toll. Das giebst du zu?"

„Zugestanden!" sagte Alice.

„Nun, gut," fuhr die Katze fort, „nicht wahr ein Hund knurrt, wenn er böse ist, und wedelt mit dem Schwanze, wenn er sich freut. Ich hingegen knurre, wenn ich mich freue, und wedle mit dem Schwanze, wenn ich ärgerlich bin. Daher bin ich toll."

„Ich nenne es spinnen, nicht knurren," sagte Alice.

„Nenne es, wie du willst," sagte die Katze. „Spielst du heut Croquet mit der Königin?"

„Ich möchte es sehr gern," sagte Alice, „Aber ich bin noch nicht eingeladen worden."

„Du wirst mich dort sehen," sagte die Katze und verschwand.

Alice wunderte sich nicht sehr darüber; sie war so daran gewöhnt, daß sonderbare Dinge geschahen. Während sie noch nach der Stelle hinsah, wo die Katze gesessen hatte, erschien sie plötzlich wieder.

„Übrigens, was ist aus dem Jungen geworden?" sagte die Katze. „Ich hätte beinah vergessen zu fragen."

„Er ist ein Ferkel geworden," antwortete Alice sehr ruhig, gerade wie wenn die Katze auf gewöhnliche Weise zurückgekommen wäre.

„Das dachte ich wohl," sagte die Katze und verschwand wieder.

Alice wartete noch etwas, halb und halb erwartend, sie wieder erscheinen zu sehen; aber sie kam nicht, und ein Paar Minuten nachher ging sie in der Richtung fort, wo der Faselhase wohnen sollte. „Hutmacher habe ich schon gesehen," sprach sie zu sich, „der Faselhase wird viel interessanter sein." Wie sie so sprach, blickte sie auf, und da saß die Katze wieder auf einem Baumzweige. „Sagtest du Ferkel oder Fächer?" fragte sie. „Ich sagte Ferkel," antwortete Alice, „und es wäre mir sehr lieb, wenn du nicht immer so schnell erscheinen und verschwinden wolltest: du machst Einen ganz schwindlig."

„Schon gut," sagte die Katze, und diesmal verschwand sie ganz langsam, wobei sie mit der Schwanzspitze anfing und mit dem Grinsen aufhörte, das noch einige Zeit sichtbar blieb, nachdem das Übrige verschwunden war.

„Oho, ich habe oft eine Katze ohne Grinsen gesehen," dachte Alice, „Aber ein Grinsen ohne Katze! so etwas Merkwürdiges habe ich in meinem Leben noch nicht gesehen!"

Sie brauchte nicht weit zu gehen, so erblickte sie das Haus des Faselhasen; sie dachte, es müsse das rechte Haus sein, weil die

Schornsteine wie Ohren geformt waren, und das Dach war mit Pelz bedeckt. Es war ein so großes Haus, daß, ehe sie sich näher heran wagte, sie ein wenig von dem Stück Pilz in ihrer linken Hand abknabberte, und sich bis auf zwei Fuß hoch brachte: trotzdem näherte sie sich etwas furchtsam, für sich sprechend: „Wenn er nur nicht ganz rasend ist! Wäre ich doch lieber zu dem Hutmacher gegangen!“

Die tolle Theegesellschaft

Vor dem Hause stand ein gedeckter Theetisch, an welchem der Faselhase und der Hutmacher saßen; ein Murmelthier saß zwischen ihnen, fest eingeschlafen, und die beiden Andern benutzen es als Kissen, um ihre Ellbogen darauf zu stützen, und redeten über seinem Kopfe mit einander. „Sehr unbequem für das Murmelthier,“ dachte Alice; „nun, da es schläft, wird es sich wohl nichts daraus machen.“

Der Tisch war groß, aber die Drei saßen dicht zusammengedrängt an einer Ecke: „Kein Platz! Kein Platz!“ riefen sie aus, sobald sie Alice kommen sahen. „Über und über genug Platz!“ sagte Alice unwillig und setzt sich in einen großen Armstuhl am Ende des Tisches.

„Ist dir etwas Wein gefällig?“ nöthigte sie der Faselhase.

Alice sah sich auf dem ganzen Tische um, aber es war nichts als Thee darauf. „Ich sehe keinen Wein,“ bemerkte sie.

„Es ist keiner hier,“ sagte der Faselhase.

„Dann war es gar nicht höflich von dir, mir welchen anzubieten,“ sagte Alice ärgerlich.

„Es war gar nicht höflich von dir, dich ungebeten herzusetzen,“ sagte der Faselhase.

„Ich wußte nicht, daß es dein Tisch ist; er ist für viel mehr als drei gedeckt.“

„Dein Haar muß verschnitten werden,“ sagte der Hutmacher. Er hatte Alice eine Zeit lang mit großer Neugierde angesehen, und dies waren seine ersten Worte.

„Du solltest keine persönlichen Bemerkungen machen,“ sagte Alice mit einer gewissen Strenge, „es ist sehr grob.“

Der Hutmacher riß die Augen weit auf, als er dies hörte; aber er sagte weiter nichts als: „Warum ist ein Rabe wie ein Reitersmann?“

„Ei, jetzt wird es Spaß geben,“ dachte Alice. „Ich bin so froh, daß sie anfangen Räthsel aufzugeben – Ich glaube, das kann ich rathen,“ fuhr sie laut fort.

„Meinst du, daß du die Antwort dazu finden kannst?“ fragte der Faselhase.

„Ja, natürlich,“ sagte Alice.

„Dann solltest du sagen, was du meinst,“ sprach der Hase weiter.

„Das thue ich ja," warf Alice schnell ein, „wenigstens – wenigstens meine ich, was ich sage – und das ist dasselbe."

„Nicht im Geringsten dasselbe!" sagte der Hutmacher. „Wie, du könntest eben so gut behaupten, daß ich sehe, was ich esse" dasselbe ist wie „ich esse, was ich sehe."

„Du könntest auch behaupten," fügte der Faselhase hinzu, „ich mag, was ich kriege" sei dasselbe wie „ich kriege, was ich mag!"

„Du könntest eben so gut behaupten," fiel das Murmelthier ein, das im Schlafe zu sprechen schien, „ich athme, wenn ich schlafe" sei dasselbe wie „ich schlafe, wenn ich athme!"

„Es ist dasselbe bei dir," sagte der Hutmacher, und damit endigte die Unterhaltung, und die Gesellschaft saß einige Minuten schweigend, während Alice Alles durchdachte, was sie je von Raben und Reitersmännern gehört hatte, und das war nicht viel.

Der Hutmacher brach das Schweigen zuerst. „Den wievielsten haben wir heute?" sagte er, sich an Alice wendend; er hatte seine Uhr aus der Tasche genommen, sah sie unruhig an, schüttelte sie hin und her und hielt sie an's Ohr.

Alice besann sich ein wenig und sagte: „Den vierten."

„Zwei Tage falsch!" seufzte der Hutmacher. „Ich sagte dir ja, daß Butter das Werk verderben würde," setze er hinzu, indem er den Hasen ärgerlich ansah.

„Es war die beste Butter," sagte der Faselhase demüthig.

„Ja, aber es muß etwas Krume mit hinein gerathen sein," brummte der Hutmacher; „du hättest sie nicht mit dem Brodmesser hinein thun sollen."

Der Faselhase nahm die Uhr und betrachtete sie trübselig; dann tunkte er sie in seine Tasse Thee und betrachtete sie wieder, aber es fiel ihm nichts Besseres ein, als seine erste Bemerkung: „Es war wirklich die beste Butter."

Alice hatte ihm neugierig über die Schulter gesehen.

„Was für eine komische Uhr!“ sagte sie. „Sie zeigt das Datum, und nicht wie viel Uhr es ist!“

„Warum sollte sie?“ brummte der Hase; „zeigt deine Uhr, welches Jahr es ist?“

„Natürlich nicht,“ antwortete Alice schnell, „weil es so lange hintereinander dasselbe Jahr bleibt.“

„Und so ist es gerade mit meiner,“ sagte der Hutmacher.

Alice war ganz verwirrt. Die Erklärung des Hutmachers schien ihr gar keinen Sinn zu haben, und doch waren es deutlich gesprochne Worte. „Ich verstehe dich nicht ganz,“ sagte sie, so höflich sie konnte.

„Das Murmelthier schläft schon wieder,“ sagte der Hutmacher, und goß ihm etwas heißen Thee auf die Nase.

Das Murmelthier schüttelte ungeduldig den Kopf und sagte, ohne die Augen aufzuthun: „Freilich, freilich, das wollte ich eben auch bemerken.“

„Hast du das Räthsel schon gerathen?“ wandte sich der Hutmacher an Alice.

„Nein, ich gebe es auf,“ antwortete Alice, „Was ist die Antwort?“

„Davon habe ich nicht die leiseste Ahnung,“ sagte der Hutmacher.

„Ich auch nicht,“ sagte der Faselhase.

Alice seufzte verstimmt. „Ich dächte, ihr könntet die Zeit besser anwenden,“ sagte sie, „als mit Räthseln, die keine Auflösung haben.“

„Wenn du die Zeit so gut kenntest wie ich,“ sagte der Hutmacher, „würdest du nicht davon reden, wie wir sie anwenden, sondern wie sie uns anwendet.“

„Ich weiß nicht, was du meinst,“ sagte Alice.

„Natürlich kannst du das nicht wissen!“ sagte der Hutmacher, indem er den Kopf verächtlich in die Höhe warf. „Du hast wahrscheinlich nie mit der Zeit gesprochen.“

„Ich glaube kaum," erwiederte Alice vorsichtig; „aber Mama sagte gestern, ich sollte zu meiner kleinen Schwester gehen und ihr die Zeit vertreiben."

„So? das wird sie dir schön übel genommen haben; sie läßt sich nicht gern vertreiben. Aber wenn man gut mit ihr steht, so thut sie Einem beinah Alles zu Gefallen mit der Uhr. Zum Beispiel, nimm den Fall, es wäre 9 Uhr Morgens, gerade Zeit, deine Stunden anzufangen, du brauchtest der Zeit nur den kleinsten Wink zu geben, schnurr! geht die Uhr herum, ehe du dich's versiehst! halb Zwei, Essenszeit!"

(„Ich wünschte, das wäre es!" sagte der Faselhase leise für sich.)

„Das wäre wirklich famos," sagte Alice gedankenvoll, „aber dann würde ich nicht hungrig genug sein, nicht wahr?"

„Zuerst vielleicht nicht," antwortete der Hutmacher, „aber es würde so lange halb Zwei bleiben, wie du wolltest."

„So macht ihr es wohl hier?" fragte Alice.

Der Hutmacher schüttelte traurig den Kopf. „Ich nicht!" sprach er. „Wir haben uns vorige Ostern entzweit – kurz ehe er toll wurde, du weißt doch

– (mit seinem Theelöffel auf den Faselhasen zeigend) – es war in dem großen Concert, das die Coeur-Königin gab; ich mußte singen:

›O Papagei, o Papagei!
Wie grün sind deine Federn!‹

Vielleicht kennst du das Lied?“

„Ich habe etwas dergleichen gehört,“ sagte Alice.

„Es geht weiter,“ fuhr der Hutmacher fort:

„Du grünst nicht nur zur Friedenszeit,
Auch wenn es Teller und Töpfe schneit.
O Papagei, o Papagei –“

Hier schüttelte sich das Murmelthier und fing an im Schlaf zu singen: „O Papagei, o Mamagei, o Papagei, o Mamagei –“ in einem fort, so daß sie es zuletzt kneifen mußten, damit es nur aufhöre.

„Denke dir, ich hatte kaum den ersten Vers fertig,“ sagte der Hutmacher, „als die Königin ausrief: Abscheulich! der Mensch schlägt geradezu die Zeit todt mit seinem Geplärre. Aufgehängt soll er werden!“

„Wie furchtbar grausam!“ rief Alice.

„Und seitdem,“ sprach der Hutmacher traurig weiter, „hat sie mir nie etwas zu Gefallen thun wollen, die Zeit! Es ist nun immer 6 Uhr!“

Dies brachte Alice auf einen klugen Gedanken. „Darum sind wohl so viele Tassen hier herumgestellt?“ fragte sie.

„Ja, darum,“ sagte der Hutmacher mit einem Seufzer, „es ist immer Theestunde, und wir haben keine Zeit, die Tassen dazwischen aufzuwaschen.“

„Dann rückt ihr wohl herum?“ sagte Alice.

„So ist es,“ sage der Hutmacher, „wenn die Tassen genug gebraucht sind.“

„Aber wenn ihr wieder an den Anfang kommt?“ unterstand sich Alice zu fragen.

„Wir wollen jetzt von etwas Anderem reden,“ unterbrach sie der Faselhase gähnend, „dieser Gegenstand ist mir nachgerade langweilig. Ich schlage vor, die junge Dame erzählt eine Geschichte.“

„O, ich weiß leider keine,“ rief Alice, ganz bestürzt über diese Zumuthung.

„Dann soll das Murmelthier erzählen!“ riefen beide; „wache auf, Murmelthier!“ dabei kniffen sie es von beiden Seiten zugleich.

Das Murmelthier machte langsam die Augen auf. „Ich habe nicht geschlafen,“ sagte es mit heiserer, schwacher Stimme, „ich habe jedes Wort gehört, das ihr Jungen gesagt habt.“

„Erzähle uns eine Geschichte!“ sagte der Faselhase.

„Ach ja, sei so gut!“ bat Alice.

„Und mach schnell,“ fügte der Hutmacher hinzu, „sonst schläfst du ein, ehe sie zu Ende ist.“

„Es waren einmal drei kleine Schwestern,“ fing das Murmelthier eilig an, „die hießen Else, Lacie und Tillie, und sie lebten tief unten in einem Brunnen –“

„Wovon lebten sie?“ fragte Alice, die sich immer für Essen und Trinken sehr interessierte.

„Sie lebten von Syrup,“ versetzte das Murmelthier, nachdem es sich eine Minute besonnen hatte.

„Das konnten sie ja aber nicht,“ bemerkte Alice schüchtern, „da wären sie ja krank geworden.“

„Das wurden sie auch,“ sagte das Murmelthier, „sehr krank.“

Alice versuchte es sich vorzustellen, wie eine so außergewöhnliche Art zu leben wohl sein möchte; aber es kam ihr zu kurios vor, sie mußte wieder fragen: „Aber warum lebten sie unten in dem Brunnen?“

„Willst du nicht ein wenig mehr Thee?“ sagte der Faselhase sehr ernsthaft zu Alice.

„Ein wenig mehr? ich habe noch keinen gehabt,“ antwortete Alice etwas empfindlich, „also kann ich nicht noch *mehr* trinken.“

„Du meinst, du kannst nicht *weniger* trinken,“ sagte der Hutmacher: „es ist sehr leicht, *mehr* als keinen zu trinken.“

„Niemand hat dich um deine Meinung gefragt,“ sagte Alice.

„Wer macht denn nun persönliche Bemerkungen?“ rief der Hutmacher triumphirend.

Alice wußte nicht recht, was sie darauf antworten sollte; sie nahm sich daher etwas Thee und Butterbrot, und dann wandte sie sich an das Murmelthier und wiederholte ihre Frage: „Warum lebten sie in einem Brunnen?“

Das Murmelthier besann sich einen Augenblick und sagte dann: „Es war ein Syrup-Brunnen.“

„Den giebt es nicht!“ fing Alice sehr ärgerlich an; aber der Hutmacher und Faselhase machten beide: „Sch, sch!“ und das Murmelthier bemerkte brummend: „Wenn du nicht höflich sein kannst, kannst du die Geschichte selber auserzählen.“

„Nein, bitte erzähle weiter!“ sagte Alice ganz bescheiden; “ich will dich nicht wieder unterbrechen. Es wird wohl *einen* geben.“

„*Einen*, wirklich!“ sagte das Murmelthier entrüstet. Doch ließ es sich zum Weitererzählen bewegen. „Also die drei kleinen Schwestern – sie lernten zeichnen, müßt ihr wissen –“

„Was zeichneten sie?“ sagte Alice, ihr Versprechen ganz vergessend.

„Syrup,“ sagte das Murmelthier, diesmal ganz ohne zu überlegen.

„Ich brauche eine reine Tasse,“ unterbrach der Hutmacher, „wir wollen Alle einen Platz rücken.“

Er rückte, wie er das sagte, und das Murmelthier folgte ihm; der Faselhase rückte an den Platz des Murmelthiers, und Alice nahm, obgleich etwas ungern, den Platz des Faselhasen ein. Der Hutmacher war der Einzige, der Vortheil von diesem Wechsel hatte, und Alice hatte es viel schlimmer als zuvor, da der Faselhase eben den Milchtopf über seinen Teller umgestoßen hatte.

Alice wollte das Murmelthier nicht wieder beleidigen und fing daher sehr vorsichtig an: „Aber ich verstehe nicht. Wie konnten sie den Syrup zeichnen?“

„Als ob nicht aller Syrup gezeichnet wäre, den man vom Kaufmann holt,“ sagte der Hutmacher; „hast du nicht immer darauf gesehen: feinste Qualität, allerfeinste Qualität, superfeine Qualität – oh, du kleiner Dummkopf?“

„Wie gesagt, fuhr das Murmelthier fort, lernten sie zeichnen;“ hier gähnte es und rieb sich die Augen, denn es fing an, sehr schläfrig zu werden; „und sie zeichneten Allerlei – Alles was mit M. anfängt –“

„Warum mit M.?“ fragte Alice.

„Warum nicht?“ sagte der Faselhase.

Alice war still.

Das Murmelthier hatte mittlerweile die Augen zugemacht, und war halb eingeschlafen; da aber der Hutmacher es zwickte, wachte es mit einem leisen Schrei auf und sprach weiter: – „was mit M anfängt, wie Mausefallen, den Mond, Mangel, und manches Mal – ihr wißt, man sagt: ich habe das *manches liebe Mal* gethan – hast du je manches liebe *Mal* gezeichnet gesehen?“

„Wirklich, da du mich selbst fragst,“ sagte Alice ganz verwirrt, „ich denke kaum –“

„Dann solltest du auch nicht reden,“ sagte der Hutmacher.

Dies war nachgerade zu grob für Alice: sie stand ganz beleidigt auf und ging fort; das Murmelthier schlief augenblicklich wieder ein, und die beiden Andern beachteten ihr Fortgehen nicht, obgleich sie sich ein paar Mal umsah, halb in der Hoffnung, daß sie sie zurückrufen würden. Als sie sie zuletzt sah, versuchten sie das Murmelthier in die Theekanne zu stecken.

„Auf keinen Fall will ich *da* je wieder hingehen!“ sagte Alice, während sie sich einen Weg durch den Wald suchte. „Es ist die dümmste Theegesellschaft, in der ich in meinem ganzen Leben war!“ Gerade wie sie so sprach, bemerkte sie, daß einer der Bäume eine kleine Thür hatte. „Das ist höchst komisch!“ dachte sie. „Aber Alles ist heute komisch! Ich will lieber gleich hinein gehen.“ Wie gesagt, so gethan: und sie befand sich wieder in dem langen Corridor, und dicht bei dem kleinen Glastische. „Diesmal will ich es gescheidter anfangen,“ sagte sie zu sich selbst, nahm das goldne Schlüsselchen und schloß die Thür auf, die in den Garten führte. Sie machte sich daran, an dem Pilz zu knabbern (sie hatte ein Stückchen in der Tasche behalten), bis sie ungefähr einen Fuß hoch war, dann ging sie den kleinen Gang hinunter; und dann – war sie endlich in dem schönen Garten, unter den prunkenden Blumenbeeten und kühlen Springbrunnen.

Das Croquetfeld der Königin

Ein großer hochstämmiger Rosenstrauch stand nahe bei'm Eingang; die Rosen, die darauf wuchsen, waren weiß, aber drei Gärtner waren damit beschäftigt, sie roth zu malen. Alice kam dies wunderbar vor, und da sie näher hinzutrat, um ihnen zuzusehen, hörte sie einen von ihnen sagen: „nimm dich in Acht, Fünf! Bespritze mich nicht so mit Farbe!"

„Ich konnte nicht dafür," sagte Fünf in verdrießlichem Tone; „Sieben hat mich an den Ellbogen gestoßen."

Worauf Sieben aufsah und sagte: „Recht so Fünf! Schiebe immer die Schuld auf andre Leute!“

„Du sei nur ganz still!“ sagte Fünf. „Gestern erst hörte ich die Königin sagen, du verdientest geköpft zu werden!“

„Wofür?“ fragte der, welcher zuerst gesprochen hatte.

„Das geht dich nichts an, Zwei!“ sagte Sieben.

„Ja, es *geht* ihn an!“ sagte Fünf, „und ich werde es ihm sagen – dafür, daß er dem Koch Tulpenzwiebeln statt Küchenzwiebeln gebracht hat.“

Sieben warf seinen Pinsel hin und hatte eben angefangen: „Ist je eine ungerechtere Anschuldigung –“ als sein Auge zufällig auf Alice fiel, die ihnen zuhörte; er hielt plötzlich inne, die andern sahen sich auch um, und sie verbeugten sich Alle tief.

„Wollen Sie so gut sein, mir zu sagen,“ sprach Alice etwas furchtsam, „warum Sie diese Rosen malen?“

Fünf und Sieben antworteten nichts, sahen aber Zwei an. Zwei fing mit leiser Stimme an: „Die Wahrheit zu gestehen, Fräulein, dies hätte hier ein *rother* Rosenstrauch sein sollen, und wir haben aus Versehen einen weißen gepflanzt, und wenn die Königin es gewahr würde, würden wir Alle geköpft werden, müssen Sie wissen. So, sehen Sie Fräulein, versuchen wir, so gut es geht, ehe sie kommt –“ In dem Augenblick rief Fünf, der ängstlich tiefer in den Garten hinein gesehen hatte: „Die Königin! die Königin!“ und die drei Gärtner warfen sich sogleich flach auf's Gesicht. Es entstand ein Geräusch von vielen Schritten, und Alice blickte neugierig hin, die Königin zu sehen.

Zuerst kamen zehn Soldaten, mit Keulen bewaffnet, sie hatten alle dieselbe Gestalt wie die Gärtner, rechteckig und flach, und an den vier Ecken die Hände und Füße; danach kamen zehn Herren vom Hofe, sie waren über und über mit Diamanten bedeckt und gingen paarweise, wie die Soldaten. Nach diesen kamen die königlichen Kinder, es waren ihrer zehn, und die lieben Kleinen kamen lustig gesprungen Hand in Hand paarweise, sie waren ganz mit Herzen geschmückt. Darauf kamen die

Gäste, meist Könige und Königinnen, und unter ihnen erkannte Alice das weiße Kaninchen; es unterhielt sich in etwas eiliger und aufgeregter Weise, lächelte bei Allem, was gesagt wurde und ging vorbei, ohne sie zu bemerken. Darauf folgte der Coeur-Bube, der die königliche Krone auf einem rothen Sammetkissen trug, und zuletzt in diesem großartigen Zuge kamen *der Herzenskönig und die Herzenskönigin*.

Alice wußte nicht recht, ob sie sich nicht flach auf's Gesicht legen müsse, wie die drei Gärtner; aber sie konnte sich nicht erinnern, je von einer solchen Sitte bei Festzügen gehört zu haben. „Und außerdem, wozu gäbe es überhaupt Aufzüge," dachte sie, "wenn alle Leute flach auf dem Gesichte liegen müßten, so daß sie sie nicht sehen könnten?" Sie blieb also stehen, wo sie war, und wartete.

Als der Zug bei ihr angekommen war, blieben Alle stehen und sahen sie an, und die Königin fragte strenge: „Wer ist das?" Sie hatte den Coeur-Buben gefragt, der statt aller Antwort nur lächelte und Kratzfüße machte.

„Schafskopf!" sagte die Königin, den Kopf ungeduldig zurückwerfend; und zu Alice gewandt fuhr sie fort: „Wie heißt du, Kind?"

„Mein Name ist Alice, Euer Majestät zu dienen!" sagte Alice sehr höflich; aber sie dachte bei sich: „Ach was, es ist ja nur ein Pack Karten. Ich brauche mich nicht vor ihnen zu fürchten!"

„Und wer sind diese drei?" fuhr die Königin fort, indem sie auf die drei Gärtner zeigte, die um den Rosenstrauch lagen; denn natürlich, da sie auf dem Gesichte lagen und das Muster auf ihrer Rückseite dasselbe war wie für das ganze Pack, so konnte sie nicht wissen, ob es Gärtner oder Soldaten oder Herren vom Hofe oder drei von ihren eigenen Kindern waren.

„Woher soll ich das wissen?" sagte Alice, indem sie sich selbst über ihren Muth wunderte. „Es ist nicht meines Amtes."

Die Königin wurde purpurroth vor Wuth, und nachdem sie sie einen Augenblick wie ein wildes Thier angestarrt hatte, fing sie an zu brüllen: „Ihren Kopf ab! ihren Kopf –"

„Unsinn!" sagte Alice sehr laut und bestimmt, und die Königin war still.

Der König legte seine Hand auf ihren Arm und sagte milde: „Bedenke, meine Liebe, es ist nur ein Kind!"

Die Königin wandte sich ärgerlich von ihm ab und sagte zu dem Buben: „Dreh' sie um!"

Der Bube that es, sehr sorgfältig, mit einem Fuße.

„Steht auf!“ schrie die Königin mit durchdringender Stimme, und die drei Gärtner sprangen sogleich auf und fingen an sich zu verneigen vor dem König, der Königin, den königlichen Kindern, und Jedermann.

„Laßt das sein!“ eiferte die Königin. „Ihr macht mich schwindlig.“ Und dann, sich nach dem Rosenstrauch umdrehend, fuhr sie fort: „Was habt ihr hier gethan?“

„Euer Majestät zu dienen,“ sagte Zwei in sehr demüthigem Tone und sich auf ein Knie niederlassend, „wir haben versucht –“

„Ich sehe!“ sagte die Königin, die unterdessen die Rosen untersucht hatte. „Ihre Köpfe ab!“ und der Zug bewegte sich fort, während drei von den Soldaten zurückblieben um die unglücklichen Gärtner zu enthaupten, welche zu Alice liefen und sie um Schutz baten.

„Ihr sollt nicht getödtet werden!“ sagte Alice, und damit steckte sie sie in einen großen Blumentopf, der in der Nähe stand. Die drei Soldaten gingen ein Weilchen hier- und dorthin, um sie zu suchen, und dann schlossen sie sich ruhig wieder den Andern an.

„Sind ihre Köpfe gefallen?“ schrie die Königin sie an.

„Ihre Köpfe sind fort, zu Euer Majestät Befehl!“ schrien die Soldaten als Antwort.

„Das ist gut!“ schrie die Königin. „Kannst du Croquet spielen?“

Die Soldaten waren still und sahen Alice an, da die Frage augenscheinlich an sie gerichtet war.

„Ja!“ schrie Alice.

„Dann komm mit!“ brüllte die Königin, und Alice schloß sich dem Zuge an, sehr neugierig, was nun geschehen werde.

„Es ist – es ist ein sehr schöner Tag!“ sagte eine schüchterne Stimme neben ihr. Sie ging neben dem weißen Kaninchen, das ihr ängstlich in's Gesicht sah.

„Sehr," sagte Alice; – „wo ist die Herzogin?"

„Still! still!" sagte das Kaninchen in einem leisen, schnellen Tone. Es sah dabei ängstlich über seine Schulter, stellte sich dann auf die Zehen, hielt den Mund dicht an Alice's Ohr und wisperte: „Sie ist zum Tode verurtheilt."

„Wofür?" frage diese.

„Sagtest du: wie Schade?" fragte das Kaninchen.

„Nein, das sagte ich nicht," sagte Alice, „ich finde gar nicht, daß es Schade ist. Ich sagte: wofür?"

„Sie hat der Königin eine Ohrfeige gegeben –" fing das Kaninchen an. Alice lachte hörbar. „Oh still!" flüsterte das Kaninchen in sehr erschrecktem Tone. „Die Königin wird dich hören! Sie kam nämlich etwas spät und die Königin sagte –"

„Macht, daß ihr an eure Plätze kommt!" donnerte die Königin, und Alle fingen an in allen Richtungen durcheinander zu laufen, wobei sie Einer über die Andern stolperten; jedoch nach ein bis zwei Minuten waren sie in Ordnung, und das Spiel fing an.

Alice dachte bei sich, ein so merkwürdiges Croquet-Feld habe sie in ihrem Leben nicht gesehen; es war voller Erhöhungen und Furchen, die Kugeln waren lebendige Igel, und die Schlägel lebendige Flamingos, und die Soldaten mußten sich umbiegen und auf Händen und Füßen stehen, um die Bogen zu bilden.

Die Hauptschwierigkeit, die Alice zuerst fand, war, den Flamingo zu handhaben; sie konnte zwar ziemlich bequem seinen Körper unter ihrem Arme festhalten, so daß die Füße herunterhingen, aber wenn sie eben seinen Hals schön ausgestreckt hatte, und dem Igel nun einen Schlag mit seinem Kopf geben wollte, so richtete er sich auf und sah ihr mit einem so verdutzten Ausdruck in's Gesicht, daß sie sich nicht enthalten konnte laut zu lachen. Wenn sie nun seinen Kopf herunter gebogen hatte und eben wieder anfangen wollte zu spielen, so fand sie zu ihrem großen Verdruß, daß der Igel sich aufgerollt hatte und eben fortkroch; außerdem war gewöhnlich eine Erhöhung oder eine Furche gerade da im Wege, wo sie den Igel hinrollen wollte, und da die umgebogenen Soldaten fortwährend aufstanden und an eine andere Stelle des Grasplatzes gingen, so kam Alice bald zu der Überzeugung, daß es wirklich ein sehr schweres Spiel sei.

Die Spieler spielten Alle zugleich, ohne zu warten, bis sie an der Reihe waren; dabei stritten sie sich immerfort und zankten um die Igel, und in sehr kurzer Zeit war die Königin in der heftigsten Wuth, stampfte mit den Füßen und schrie: „Schlagt ihm den Kopf ab!“ oder: „Schlagt ihr den Kopf ab!“ ungefähr ein Mal jede Minute.

Alice fing an sich sehr unbehaglich zu fühlen, sie hatte zwar noch keinen Streit mit der Königin gehabt, aber sie wußte, daß sie keinen Augenblick sicher davor war, „und was,“ dachte sie, „würde dann aus mir werden? die Leute hier scheinen schrecklich gern zu köpfen; es ist das größte Wunder, daß überhaupt noch welche am Leben geblieben sind!“ Sie sah sich nach einem Ausgange um und überlegte, ob sie sich wohl ohne gesehen zu werden, fortschleichen könne, als sie eine merkwürdige Erscheinung in der Luft wahrnahm: sie schien ihr zuerst ganz räthselhaft, aber nachdem sie sie ein Paar Minuten beobachtet hatte, erkannte sie, daß es ein Grinsen war, und sagte bei sich: „Es ist die Grinse-Katze; jetzt werde ich Jemand haben, mit dem ich sprechen kann.“

„Wie geht es dir?“ sagte die Katze, sobald Mund genug da war, um damit zu sprechen.

Alice wartete, bis die Augen erschienen, und nickte ihr zu. „Es nützt nichts mit ihr zu reden,“ dachte sie, „bis ihre Ohren gekommen sind, oder wenigstens eins.“ Den nächsten Augenblick erschien der ganze Kopf; da setzte Alice ihren Flamingo nieder und fing ihren Bericht von dem Spiele an, sehr froh, daß sie Jemand zum Zuhören hatte. Die Katze schien zu glauben, daß jetzt genug von ihr sichtbar sei, und es erschien weiter nichts.

„Ich glaube, sie spielen gar nicht gerecht,“ fing Alice in etwas klagendem Tone an, „und sie zanken sich Alle so entsetzlich, daß man sein eigenes Wort nicht hören kann – und dann haben sie gar keine Spielregeln, wenigstens wenn sie welche haben, so beobachtet sie Niemand – und du hast keine Idee, wie es Einen verwirrt, daß alle Croquet-Sachen lebendig sind; zum Beispiel da ist der Bogen, durch den ich das nächste Mal spielen muß, und geht am andern Ende des Grasplatzes spazieren – und ich hätte den Igel der Königin noch eben *treffen* können, nur daß er fortrannte, als er meinen kommen sah!"

„Wie gefällt dir die Königin?" fragte die Katze leise.

„Ganz und gar nicht," sagte Alice, „sie hat so sehr viel –" da bemerkte sie eben, daß die Königin dicht hinter ihr war und zuhörte, also setzte sie hinzu: „Aussicht zu gewinnen, daß es kaum der Mühe werth ist, das Spiel auszuspielen."

Die Königin lächelte und ging weiter.

„Mit wem redest du da?" sagte der König, indem er an Alice herantrat und mit großer Neugierde den Katzenkopf ansah.

„Es ist einer meiner Freunde – ein Grinse-Kater," sagte Alice; „erlauben Eure Majestät, daß ich ihn Ihnen vorstelle."

„Sein Aussehen gefällt mir gar nicht," sagte der König; „er mag mir jedoch die Hand küssen, wenn er will."

„O, lieber nicht!" versetzte der Kater.

„Sei nicht so impertinent," sagte der König, „und sieh mich nicht so an!" Er stellte sich hinter Alice, als er dies sagte.

„Der Kater sieht den König an, der König sieht den Kater an," sagte Alice, „das habe ich irgendwo gelesen, ich weiß nur nicht mehr wo."

„Fort muß er," sagte der König sehr entschieden, und rief der Königin zu, die gerade vorbeiging: „Meine Liebe! ich wollte, du ließest diesen Kater fortschaffen!"

Die Königin kannte nur *eine* Art, alle Schwierigkeiten, große und kleine, zu beseitigen. „Schlagt ihm den Kopf ab!" sagte sie, ohne sich einmal umzusehen.

„Ich werde den Henker selbst holen," sagte der König eifrig und eilte fort.

Alice dachte, sie wollte lieber zurück gehen und sehen, wie es mit dem Spiele stehe, da sie in der Entfernung die Stimme der Königin hörte, die vor Wuth außer sich war. Sie hatte sie schon drei Spieler zum Tode verurtheilen hören, weil sie ihre Reihe verfehlt hatten, und der Stand der Dinge behagte ihr gar nicht, da das Spiel in solcher Verwirrung war, daß sie nie wußte, ob sie an der Reihe sei oder nicht. Sie ging also, sich nach ihrem Igel umzusehen.

Der Igel war im Kampfe mit einem andern Igel, was Alice eine vortreffliche Gelegenheit schien, einen mit dem andern zu *treffen*; die einzige Schwierigkeit war, daß ihr Flamingo nach dem andern Ende des Gartens gegangen war, wo Alice eben noch sehen konnte, wie er höchst ungeschickt versuchte, auf einen Baum zu fliegen.

Als sie den Flamingo gefangen und zurückgebracht hatte, war der Kampf vorüber und die beiden Igel nirgends zu sehen. „Aber es kommt nicht drauf an," dachte Alice, „da alle Bogen auf dieser Seite des Grasplatzes fortgegangen sind." Sie steckte also ihren Flamingo unter den Arm, damit er nicht wieder fortliefe, und ging zurück, um mit ihrem Freunde weiter zu schwatzen.

Als sie zum Cheshire-Kater zurück kam, war sie sehr erstaunt, einen großen Auflauf um ihn versammelt zu sehen: es fand ein großer Wortwechsel statt zwischen dem Henker, dem Könige und der Königin, welche alle drei zugleich sprachen, während die Übrigen ganz still waren und sehr ängstlich aussahen.

Sobald Alice erschien, wurde sie von allen dreien aufgefordert, den streitigen Punkt zu entscheiden, und sie wiederholten ihr ihre Beweisgründe, obgleich, da alle zugleich sprachen, man kaum verstehen konnte, was jeder Einzelne sagte.

Der Henker behauptete, daß man keinen Kopf abschneiden könne, wo kein Körper sei, von dem man ihn abschneiden könne; daß er so etwas noch nie gethan habe, und jetzt über die Jahre hinaus sei, wo man etwas Neues lerne.

Der König behauptete, daß Alles, was einen Kopf habe, geköpft werden könne, und daß man nicht so viel Unsinn schwatzen solle.

Die Königin behauptete, daß wenn nicht in weniger als keiner Frist etwas geschehe, sie die ganze Gesellschaft würde köpfen lassen. (Diese letztere Bemerkung hatte der Versammlung ein so ernstes und ängstliches Aussehen gegeben.)

Alice wußte nichts Besseres zu sagen als: „Er gehört der Herzogin, es wäre am besten sie zu fragen."

„Sie ist im Gefängnis," sagte die Königin zum Henker, „hole sie her." Und der Henker lief davon wie ein Pfeil.

Da wurde der Kopf des Katers undeutlicher und undeutlicher; und gerade in dem Augenblick, als der Henker mit der Herzogin zurück kam, verschwand er gänzlich; der König und der Henker liefen ganz wild umher, ihn zu suchen, während die übrige Gesellschaft zum Spiele zurückging.

Die Geschichte der falschen Schildkröte

„Du kannst dir gar nicht denken, wie froh ich bin, dich wieder zu sehen, du liebes altes Herz!“ sagte die Herzogin, indem sie Alice liebevoll umfaßte, und beide zusammen fortspazierten.

Alice war sehr froh, sie bei so guter Laune zu finden, und dachte bei sich, es wäre vielleicht nur der Pfeffer, der sie so böse gemacht habe, als sie sich zuerst in der Küche trafen. „Wenn ich Herzogin bin," sagte sie für sich (doch nicht in sehr hoffnungsvollem Tone), „will ich gar keinen Pfeffer in meiner Küche dulden. Suppe schmeckt sehr gut ohne – Am Ende ist es immer Pfeffer, der die Leute heftig macht," sprach sie weiter, sehr glücklich, eine neue Regel erfunden zu haben, „und Essig, der sie sauertöpfisch macht – und Kamillenthee, der sie bitter macht – und Gestenzucker und dergleichen, was Kinder zuckersüß macht. Ich wünschte nur, die großen Leute wüßten das, dann würden sie nicht so sparsam damit sein –"

Sie hatte unterdessen die Herzogin ganz vergessen und schrak förmlich zusammen, als sie deren Stimme dicht an ihrem Ohre hörte. „Du denkst an etwas, meine Liebe, und vergißt darüber zu sprechen. Ich kann dir diesen Augenblick nicht sagen, was die Moral davon ist, aber es wird mir gleich einfallen."

„Vielleicht hat es keine," hatte Alice den Muth zu sagen.

„Still, still, Kind!" sagte die Herzogin. „Alles hat seine Moral, wenn man sie nur finden kann." Dabei drängte sie sich dichter an Alice heran.

Alice mochte es durchaus nicht gern, daß sie ihr so nahe kam: erstens, weil die Herzogin sehr häßlich war, und zweitens, weil sie gerade groß genug war, um ihr Kinn auf Alice's Schultern zu stützen, und es war ein unangenehm spitzes Kinn. Da sie aber nicht gern unhöflich sein wollte, so ertrug sie es, so gut sie konnte.

„Das Spiel ist jetzt besser im Gange," sagte sie, um die Unterhaltung fortzuführen.

„So ist es," sagte die Herzogin, „und die Moral davon ist – Mit Liebe und Gesange hält man die Welt im Gange!"

„Wer sagte denn," flüsterte Alice, „es geschehe dadurch, daß Jeder vor seiner Thüre fege."

„Ah, sehr gut, das bedeutet ungefähr dasselbe," sagte die Herzogin, und indem sie ihr spitzes kleines Kinn in Alice's Schulter einbohrte, fügte sie hinzu „und die Moral *davon* ist – So viel Köpfe, so viel Sinne."

„Wie gern sie die Moral von Allem findet!“ dachte Alice bei sich.

„Du wunderst dich wahrscheinlich, warum ich meinen Arm nicht um deinen Hals lege,“ sagte die Herzogin nach einer Pause; „die Wahrheit zu gestehen, ich traue der Laune deines Flamingos nicht ganz. Soll ich es versuchen?“

„Er könnte beißen,“ erwiederte Alice weislich, da sie sich keineswegs danach sehnte, das Experiment zu versuchen.

„Sehr wahr,“ sagte die Herzogin, „Flamingos und Senf beißen beide. Und die Moral davon ist: Gleich und Gleich gesellt sich gern.“

„Aber der Flamingo ist ja ein Vogel und Senf ist kein Vogel,“ wandte Alice ein.

„Ganz recht, wie immer,“ sagte die Herzogin, „wie deutlich du Alles ausdrücken kannst.“

„Es ist, glaube ich, ein Mineral,“ sagte Alice.

„Versteht sich,“ sagte die Herzogin, die Allem, was Alice sagte, beizustimmen schien, „in dem großen Senf-Bergwerk hier in der Gegend sind ganz vorzüglich gute Minen. Und die Moral davon ist, daß wir gute Miene zum bösen Spiel machen müssen.“

„O, ich weiß!“ rief Alice aus, die die letzte Bemerkung ganz überhört hatte, „es ist eine Pflanze. Es sieht nicht so aus, aber es ist eine.“

„Ich stimme dir vollkommen bei,“ sagte die Herzogin, „und die Moral davon ist: Sei was du zu scheinen wünschest! – oder einfacher ausgedrückt: Bilde dir nie ein verschieden von dem zu sein was Anderen erscheint daß was du warest oder gewesen sein möchtest nicht verschieden von dem war daß was du gewesen warest ihnen erschienen wäre als wäre es verschieden.“

„Ich glaube, ich würde das besser verstehen,“ sagte Alice sehr höflich, „wenn ich es aufgeschrieben hätte; ich kann nicht ganz folgen, wenn Sie es sagen.“

„Das ist noch gar nichts dagegen, was ich sagen könnte, wenn ich wollte," antwortete die Herzogin in selbstzufriedenem Tone.

„Bitte, bemühen Sie sich nicht, es noch länger zu sagen!" sagte Alice.

„O, sprich nicht von Mühe!" sagte die Herzogin, „ich will dir Alles, was ich bis jetzt gesagt habe, schenken."

„Eine wohlfeile Art Geschenke!" dachte Alice, „ich bin froh, daß man nicht solche Geburtstagsgeschenke macht!"

Aber sie getraute sich nicht, es laut zu sagen.

„Wieder in Gedanken?" fragte die Herzogin und grub ihr spitzes kleines Kinn tiefer ein.

„Ich habe das Recht, in Gedanken zu sein, wenn ich will," sagte Alice gereizt, denn die Unterhaltung fing an, ihr langweilig zu werden.

„Gerade so viel Recht," sagte die Herzogin, „wie Ferkel zum Fliegen, und die M–"

Aber, zu Alice's großem Erstaunen stockte hier die Stimme der Herzogin, und zwar mitten in ihrem Lieblingsworte „Moral", und der Arm, der in dem ihrigen ruhte, fing an zu zittern. Alice sah auf, und da stand die Königin vor ihnen, mit über der Brust gekreuzten Armen, schwarzblickend wie ein Gewitter.

„Ein schöner Tag, Majestät!" fing die Herzogin mit leiser schwacher Stimme an.

„Ich will Sie schön gewarnt haben," schrie die Königin und stampfte dabei mit dem Fuße: „Fort augenblicklich, entweder mit Ihnen oder mit Ihrem Kopfe! Wählen Sie!"

Die Herzogin wählte und verschwand eilig.

„Wir wollen weiter spielen," sagte die Königin zu Alice, und diese, viel zu erschrocken, ein Wort zu erwiedern, folgte ihr langsam nach dem Croquet-Felde.

Die übrigen Gäste hatten die Abwesenheit der Königin benutzt, um im Schatten auszuruhen; sobald sie sie jedoch kommen sahen, eilten sie augenblicklich zum Spiele zurück, indem die Königin einfach bemerkte, daß eine Minute Verzug ihnen das Leben kosten würde.

Die ganze Zeit, wo sie spielten, hörte die Königin nicht auf, mit den andern Spielern zu zanken und zu schreien: „Schlagt ihm den Kopf ab!" oder: „Schlagt ihr den Kopf ab!" Diejenigen, welche sie verurtheilt hatte, wurden von den Soldaten in Verwahrsam geführt, die natürlich dann aufhören mußten, die Bogen zu bilden, so daß nach ungefähr einer halben Stunde keine Bogen mehr übrig waren, und alle Spieler, außer dem Könige, der Königin und Alice, in Verwahrsam und zum Tode verurtheilt waren.

Da hörte die Königin, ganz außer Athem, auf und sagte zu Alice: „Hast du die *Falsche Schildkröte* schon gesehen?"

„Nein," sagte Alice. „Ich weiß nicht einmal, was eine *Falsche Schildkröte* ist."

„Es ist das, woraus falsche Schildkrötensuppe gemacht wird," sagte die Königin.

„Ich habe weder eine gesehen, noch von einer gehört," sagte Alice.

„Komm schnell," sagte die Königin, „sie soll dir ihre Geschichte erzählen."

Als sie mit einander fortgingen, hörte Alice den König leise zu der ganzen Versammlung sagen: „Ihr seid Alle begnadigt!" „Ach, das ist ein Glück!" sagte sie für sich, denn sie war über die vielen Enthauptungen, welche die Königin angeordnet hatte, ganz außer sich gewesen.

Sie kamen bald zu einem Greifen, der in der Sonne lag und schlief.

„Auf, du Faulpelz,“ sagte die Königin, „und bringe dies kleine Fräulein zu der falschen Schildkröte, sie möchte gern ihre Geschichte hören. Ich muß zurück und nach einigen Hinrichtungen sehen, die ich angeordnet habe;“ damit ging sie fort und ließ Alice mit dem Greifen allein. Der Anblick des Thieres gefiel Alice nicht recht; aber im Ganzen genommen, dachte sie, würde es eben so sicher sein, bei ihm zu bleiben, als dieser grausamen Königin zu folgen, sie wartete also.

Der Greif richtete sich auf und rieb sich die Augen: darauf sah er der Königin nach, bis sie verschwunden war; dann schüttelte er sich. „Ein köstlicher Spaß!“ sagte der Greif, halb zu sich selbst, halb zu Alice.

„*Was* ist ein Spaß?“ frage Alice.

„Sie,“ sagte der Greif. „Es ist Alles ihre Einbildung, das: Niemand wird niemals nicht hingerichtet. Komm schnell.“

„Jeder sagt hier, komm schnell,“ dachte Alice, indem sie ihm langsam nachging, „so viel bin ich in meinem Leben nicht hin und her kommandirt worden, nein, in meinem ganzen Leben nicht!“

Sie brauchten nicht weit zu gehen, als sie schon die falsche Schildkröte in der Entfernung sahen, wie sie einsam und traurig auf einem Felsenriffe saß; und als sie näher kamen, hörte Alice sie seufzen, als ob ihr das Herz brechen wollte. Sie bedauerte sie herzlich. „Was für einen Kummer hat sie?“ fragte sie den Greifen, und der Greif antwortete, fast in denselben Worten wie zuvor: „Es ist Alles ihre Einbildung, das; sie hat keinen Kummer nicht. Komm schnell!“

Sie gingen also an die falsche Schildkröte heran, die sie mit thränenschweren Augen anblickte, aber nichts sagte.

„Die kleine Mamsell hier,“ sprach der Greif, „sie sagt, sie möchte gern deine Geschichte wissen, sagt sie.“

„Ich will sie ihr erzählen,“ sprach die falsche Schildkröte mit tiefer, hohler Stimme; „setzt euch beide her und sprecht kein Wort, bis ich fertig bin.“

Gut, sie setzten sich hin und Keiner sprach mehrere Minuten lang. Alice dachte bei sich: „Ich begreife nicht, wie sie je fertig werden kann, wenn sie nicht anfängt.“ Aber sie wartete geduldig.

„Einst,“ sagte die falsche Schildkröte endlich mit einem tiefen Seufzer, „war ich eine wirkliche Schildkröte.“

Auf diese Worte folgte ein sehr langes Schweigen, nur hin und wieder unterbrochen durch den Ausruf des Greifen „Hjckrrh!“ und durch das heftige Schluchzen der falschen Schildkröte. Alice wäre beinah aufgestanden und hätte gesagt: „Danke sehr für die interessante Geschichte!“ aber sie konnte nicht umhin zu denken, daß doch noch etwas kommen müsse; daher blieb sie sitzen und sagte nichts.

„Als wir klein waren," sprach die falsche Schildkröte endlich weiter, und zwar ruhiger, obgleich sie noch hin und wieder schluchzte, „gingen wir zur Schule in der See. Die Lehrerin war eine alte Schildkröte – wir nannten sie Mamsell Schalthier –"

„Warum nanntet ihr sie Mamsell Schalthier?" fragte Alice.

„Sie *schalt hier* oder sie schalt da alle Tage, darum," sagte die falsche Schildkröte ärgerlich; „du bist wirklich sehr dumm."

„Du solltest dich schämen, eine so dumme Frage zu thun," setzte der Greif hinzu, und dann saßen beide und sahen schweigend die arme Alice an, die in die Erde hätte sinken mögen. Endlich sagte der Greif zu der falschen Schildkröte: „Fahr' zu, alte Kutsche! Laß uns nicht den ganzen Tag warten!" Und sie fuhr in folgenden Worten fort:

„Ja, wir gingen zur Schule, in der See, ob ihr es glaubt oder nicht –"

„Ich habe nicht gesagt, daß ich es nicht glaubte," unterbrach sie Alice.

„Ja, das hast du," sagte die falsche Schildkröte.

„Halt den Mund!" fügte der Greif hinzu, ehe Alice antworten konnte. Die falsche Schildkröte fuhr fort.

„Wir gingen in die allerbeste Schule; wir hatten vier und zwanzig Stunden regelmäßig jeden Tag."

„Das haben wir auf dem Lande auch," sagte Alice, „darauf brauchst du dir nicht so viel einbilden."

„Habt ihr auch Privatstunden außerdem?" fragte die falsche Schildkröte etwas kleinlaut.

„Ja," sagte Alice, „Französisch und Klavier."

„Und Wäsche?" sagte die falsche Schildkröte.

„Ich dächte gar!" sagte Alice entrüstet.

„Ah! dann gehst du in keine wirklich gute Schule," sagte die falsche Schildkröte sehr beruhigt. „In unserer Schule stand immer am Ende der Rechnung, ›Französisch, Klavierspielen, Wäsche – extra.‹"

„Das könnt ihr nicht sehr nöthig gehabt haben," sagte Alice, „wenn ihr auf dem Grund des Meeres wohntet."

„Ich konnte keine Privatstunden bezahlen," sagte die falsche Schildkröte mit einem Seufzer. „Ich nahm nur den regelmäßigen Unterricht."

„Und was war das?" fragte Alice.

„Legen und Treiben, natürlich, zu allererst," erwiederte die falsche Schildkröte; „Und dann die vier Abtheilungen vom Rechnen: Zusehen, Abziehen, Vervielfraßen und Stehlen."

„Ich habe nie von Vervielfraßen gehört," warf Alice ein. „Was ist das?"

Der Greif erhob beide Klauen voller Verwunderung. „Nie von Vervielfraßen gehört" rief er aus. „Du weißt, was Verhungern ist? vermuthe ich."

„Ja," sagte Alice unsicher, „es heißt – nichts – essen – und davon – sterben."

„Nun," fuhr der Greif fort, „wenn du nicht verstehst, was Vervielfraßen ist, dann bist du ein Pinsel."

Alice hatte allen Muth verloren, sich weiter danach zu erkundigen, und wandte sich daher an die falsche Schildkröte mit der Frage: „Was hattet ihr sonst noch zu lernen?"

„Nun, erstens Gewichte," erwiederte die falsche Schildkröte, indem sie die Gegenstände an den Pfoten aufzählte, „Gewichte, alte und neue, mit Seeographie; dann Springen – der Springelehrer war ein alter Stockfisch, der ein Mal wöchentlich zu kommen pflegte, er lehrte uns Pfoten Reiben und Unarten, meerschwimmig Springen, Schillern und Imponiren."

„Wie war denn das?" fragte Alice.

„Ich kann es dir nicht selbst zeigen," sagte die falsche Schildkröte, „ich bin zu steif. Und der Greif hat es nicht gelernt."

„Hatte keine Zeit," sagte der Greif; „ich hatte aber Stunden bei dem Lehrer der alten Sprachen. Das war ein alter *Barsch*, ja, das war er."

„Bei dem bin ich nicht gewesen," sagte die falsche Schildkröte mit einem Seufzer, „er lehrte Zebräisch und Greifisch, sagten sie immer."

„Das that er auch, das that er auch, und besonders Laßsein," sagte der Greif, indem er ebenfalls seufzte, worauf beide Thiere sich das Gesicht mit den Pfoten bedeckten.

„Und wie viel Schüler wart ihr denn in einer Klasse?“ sagte Alice, die schnell auf einen andern Gegenstand kommen wollte.

„Zehn den ersten Tag,“ sagte die falsche Schildkröte, „neun den nächsten, und so fort.“

„Was für eine merkwürdige Einrichtung!“ rief Alice aus.

„Das ist der Grund, warum man Lehrer hält, weil sie die Klasse von Tag zu Tag leeren.“

Dies war ein ganz neuer Gedanke für Alice, welchen sie gründlich überlegte, ehe sie wieder eine Bemerkung machte. „Den elften Tag müssen dann Alle frei gehabt haben?“

„Natürlich!“ sagte die falsche Schildkröte.

„Und wie wurde es den zwölften Tag gemacht?“ fuhr Alice eifrig fort.

„Das ist genug von Stunden,“ unterbrach der Greif sehr bestimmt: „erzähle ihr jetzt etwas von den Spielen.“

Das Hummerballet

Die falsche Schildkröte seufzte tief auf und wischte sich mit dem Rücken ihrer Pfote die Augen. Sie sah Alice an und versuchte zu sprechen, aber ein bis zwei Minuten lang erstickte lautes Schluchzen ihre Stimme. „Sieht aus, als ob sie einen Knochen in der Kehle hätt',“ sagte der Greif und machte sich daran, sie zu schütteln und auf den Rücken zu klopfen. Endlich erhielt die falsche Schildkröte den Gebrauch ihrer Stimme wieder, und während Thränen ihre Wangen herabflossen, erzählte sie weiter.

„Vielleicht hast du nicht viel unter dem Wasser gelebt –“ („Nein,“ sagte Alice) – „und vielleicht hast du nie die Bekanntschaft eines Hummers gemacht –“ (Alice wollte eben sagen: „ich kostete einmal,“ aber sie hielt schnell ein und sagte: „Nein, niemals“) – „du kannst dir also nicht vorstellen, wie reizend ein Hummerballet ist.“

„Nein, in der That nicht," sagte Alice, „was für eine Art Tanz ist es?"

„Nun," sagte der Greif, „erst stellt man sich in eine Reihe am Strand auf –"

„In zwei Reihen!" rief die falsche Schildkröte. „Seehunde, Schildkröten, Lachse, und so weiter; dann, wenn alle Seesterne aus dem Wege geräumt sind –"

„Was gewöhnlich einige Zeit dauert," unterbrach der Greif.

„– geht man zwei Mal vorwärts –"

„Jeder einen Hummer zum Tanze führend!" rief der Greif.

„Natürlich," sagte die falsche Schildkröte: „zwei Mal vorwärts, wieder paarweis gestellt –"

„– wechselt die Hummer, und geht in derselben Ordnung zurück," fuhr der Greif fort.

„Dann, mußt du wissen," fiel die falsche Schildkröte ein, „wirft man die –"

„Die Hummer!" schrie der Greif mit einem Luftsprunge.

„– so weit in's Meer, als man kann –"

„Schwimmt ihnen nach!" kreischte der Greif.

„Schlägt einen Purzelbaum im Wasser!" rief die falsche Schildkröte indem sie unbändig umhersprang.

„Wechselt die Hummer wieder!" heulte der Greif mit erhobener Stimme.

„Zurück an's Land, und – das ist die ganze erste Figur," sagte die falsche Schildkröte, indem ihre Stimme plötzlich sank; und beide Thiere, die bis dahin wie toll umhergesprungen waren, setzten sich sehr betrübt und still nieder und sahen Alice an.

„Es muß ein sehr hübscher Tanz sein," sagte Alice ängstlich.

„Möchtest du eine kleine Probe sehen?" fragte die falsche Schildkröte.

„Sehr gern," sagte Alice.

„Komm, laß uns die erste Figur versuchen!“ sagte die falsche Schildkröte zum Greifen. „Wir können es ohne Hummer, glaube ich. Wer soll singen?“

„Oh, singe du!“ sagte der Greif. „Ich habe die Worte vergessen.“

So fingen sie denn an, feierlich im Kreise um Alice zu tanzen; zuweilen traten sie ihr auf die Füße, wenn sie ihr zu nahe kamen; die falsche Schildkröte sang dazu, sehr langsam und traurig, Folgendes: –

Zu der Schnecke sprach ein Weißfisch: „Kannst du denn nicht schneller gehen?
Siehst du denn nicht die Schildkröten und die Hummer alle stehen?
Hinter uns da kommt ein Meerschwein, und es tritt mir auf den Schwanz;
Und sie warten an dem Strande, daß wir kommen zu dem Tanz.
Willst du denn nicht, willst du denn nicht, willst du kommen zu dem Tanz?
Willst du denn nicht, willst du denn nicht, willst du kommen zu dem Tanz?“
„Nein, du kannst es nicht ermessen, wie so herrlich es wird sein,
Nehmen sie uns mit den Hummern, werfen uns in's Meer hinein!“
Doch die Schnecke thät nicht trauen. „Das gefällt mir doch nicht ganz!
Viel zu weit, zu weit! ich danke – gehe nicht mit euch zum Tanz!
Nein, ich kann, ich mag, ich will nicht, kann nicht kommen zu dem Tanz!
Nein, ich kann, ich mag, ich will nicht, mag nicht kommen zu dem Tanz!“
Und der Weißfisch sprach dagegen: „'s kommt ja nicht drauf an, wie weit!

Ist doch wohl ein andres Ufer, drüben auf der andren Seit'!
Und noch viele schöne Küsten giebt es außer Engelland's;
Nur nicht blöde, liebe Schnecke, komm' geschwind mit mir
zum Tanz!
Willst du denn nicht, willst du denn nicht, willst du kommen
zu dem Tanz?
Willst du denn nicht, willst du denn nicht, willst nicht kommen
zu dem Tanz?“

„Danke sehr, es ist sehr, sehr interessant, diesem Tanze zuzusehen,“ sagte Alice, obgleich sie sich freute, daß er endlich vorüber war; „und das komische Lied von dem Weißfisch gefällt mir so!“

„Oh, was die Weißfische anbelangt,“ sagte die falsche Schildkröte, „die – du hast sie doch gesehen?“

„Ja,“ sagte Alice, „ich habe sie oft gesehen, bei'm Mitt –“ sie hielt schnell inne.

„Ich weiß nicht, wer Mitt sein mag,“ sagte die falsche Schildkröte, „aber da du sie so oft gesehen hast, so weißt du natürlich, wie sie aussehen?“

„Ja ich glaube,“ sagte Alice nachdenklich, „sie haben den Schwanz im Maule, – und sind ganz mit geriebener Semmel bestreut.“

„Die geriebene Semmel ist ein Irrthum,“ sagte die falsche Schildkröte; „sie würde in der See bald abgespült werden. Aber den Schwanz haben sie im Maule, und der Grund ist“ – hier gähnte die falsche Schildkröte und machte die Augen zu. – „Sage ihr Alles das von dem Grunde,“ sprach sie zum Greifen.

„Der Grund ist,“ sagte der Greif, „daß sie durchaus im Hummerballet mittanzen wollten. So wurden sie denn in die See hinein geworfen. So mußten sie denn sehr weit fallen. So kamen ihnen denn die Schwänze in die Mäuler. So konnten sie sie denn nicht wieder heraus bekommen. So ist es.“

„Danke dir,“ sagte Alice, „es ist sehr interessant. Ich habe nie so viel vom Weißfisch zu hören bekommen.“

„Ich kann dir noch mehr über ihn sagen, wenn du willst," sagte der Greif, „weißt du, warum er Weißfisch heißt?"

„Ich habe darüber noch nicht nachgedacht," sagte Alice. „Warum?"

„Darum eben," sagte der Greif mit tiefer, feierlicher Stimme, „weil man so wenig von ihm *weiß*. Nun aber mußt du uns auch etwas von deinen Abenteuern erzählen."

„Ich könnte euch meine Erlebnisse von heute früh an erzählen," sagte Alice verschämt, „aber bis gestern zurück zu gehen, wäre ganz unnütz, weil ich da jemand Anderes war."

„Erkläre das deutlich," sagte die falsche Schildkröte.

„Nein, die Erlebnisse erst," sagte der Greif in ungeduldigem Tone, „Erklärungen nehmen so schrecklich viel Zeit fort."

Alice fing also an, ihnen ihre Abenteuer von da an zu erzählen, wo sie das weiße Kaninchen zuerst gesehen hatte. Im Anfange war sie etwas ängstlich, die beiden Thiere kamen ihr so nah, eins auf jeder Seite, und sperrten Augen und Mund so *weit* auf; aber nach und nach wurde sie dreister. Ihre Zuhörer waren ganz ruhig, bis sie an die Stelle kam, wo sie der Raupe ›Ihr seid alt, Vater Martin‹ hergesagt hatte, und wo lauter andere Worte gekommen waren, da holt die falsche Schildkröte tief Athem und sagte „das ist sehr merkwürdig."

„Es ist Alles so merkwürdig, wie nur möglich," sagte der Greif.

„Es kam ganz verschieden!" wiederholte die falsche Schildkröte gedankenvoll. „Ich möchte sie wohl etwas hersagen hören. Sage ihr, daß sie anfangen soll." Sie sah den Greifen an, als ob sie dächte, daß er einigen Einfluß auf Alice habe.

„Steh' auf und sage her: ›Preisend mit viel schönen Reden‹," sagte der Greif.

„Wie die Geschöpfe alle Einen kommandiren und Gedichte aufsagen lassen!" dachte Alice, „dafür könnte ich auch lieber gleich in der Schule sein." Sie stand jedoch auf und fing an, das Gedicht herzusagen; aber ihr

Kopf war so voll von dem Hummerballet, daß sie kaum wußte, was sie sagte, und die Worte kamen sehr sonderbar: –

„Preisend mit viel schönen Kniffen seiner Scheeren Werth und Zahl,
Stand der Hummer vor dem Spiegel in der schönen rothen Schal'!
›Herrlich,‹ sprach der Fürst der Krebse, ›steht mir dieser lange

Bart!‹
Rückt die Füße mit der Nase auswärts, als er dieses sagt."

„Das ist anders, als ich's als Kind gesagt habe," sagte der Greif.

„Ich habe es zwar noch niemals gehört," sagte die falsche Schildkröte; „aber es klingt wie blühender Unsinn."

Alice erwiederte nichts; sie setzte sich, bedeckte das Gesicht mit beiden Händen und überlegte, ob wohl *je* wieder irgend etwas natürlich sein würde.

„Ich möchte es gern erklärt haben," sagte die falsche Schildkröte.

„Sie kann's nicht erklären," warf der Greif schnell ein. „Sage den nächsten Vers."

„Aber das von den Füßen?" fragte die falsche Schildkröte wieder. „Wie kann er sie mit der Nase auswärts rücken?"

„Es ist die erste Position bei'm Tanzen," sagte Alice aber sie war über Alles dies entsetzlich verwirrt und hätte am liebsten aufgehört.

„Sage den nächsten Vers!" wiederholte der Greif ungeduldig, „er fängt an: ›Seht mein Land!‹"

Alice wagte nicht, es abzuschlagen, obgleich sie überzeugt war, es würde Alles falsch kommen, sie fuhr also mit zitternder Stimme fort: –

„Seht mein Land und grüne Fluten," sprach ein fetter Lachs
vom Rhein;
„Goldne Schuppen meine Rüstung, und mit Austern trink' ich
Wein."

„Wozu sollen wir das dumme Zeug mit anhören," unterbrach sie die falsche Schildkröte, „wenn sie es nicht auch erklären kann? Es ist das verworrenste Zug, das ich je gehört habe!"

„Ja, ich glaube auch, es ist besser du hörst auf," sagte der Greif, und Alice gehorchte nur zu gern.

„Sollen wir noch eine Figur von dem Hummerballet versuchen?“ fuhr der Greif fort. „Oder möchtest du lieber, daß die falsche Schildkröte dir ein Lied vorsingt?“

„Oh, ein Lied! bitte, wenn die falsche Schildkröte so gut sein will,“ antwortete Alice mit solchem Eifer, daß der Greif etwas beleidigt sagte: „Hm! der Geschmack ist verschieden! Singe ihr vor ›Schildkrötensuppe‹, hörst du, alte Tante?“

Die falsche Schildkröte seufzte tief auf und fing an, mit halb von Schluchzen erstickter Stimme, so zu singen: –

„Schöne Suppe, so schwer und so grün,
Dampfend in der heißen Terrin'!
Wem nach einem so schönen Gericht
Wässerte denn der Mund wohl nicht?
Kön'gin der Suppen, du schönste Supp'!
Kön'gin der Suppen, du schönste Supp'!
    Wu–underschöne Su–uppe!
    Wu–underschöne Su–uppe!
    Kö–önigin der Su–uppen,
    Wunder-wunderschöne Supp'!

Schöne Suppe, wer fragt noch nach Fisch,
Wildpret oder was sonst auf dem Tisch?
Alles lassen wir stehen zu p
Reisen allein die wunderschöne Supp',
Preisen allein die wunderschöne Supp'!
    Wu–underschöne Su–uppe!
    Wu–underschöne Su–uppe!
    Kö–önigin der Su–uppen,
    Wunder-wunderschöne Supp'!“

„Den Chor noch einmal!“ rief der Greif, und die falsche Schildkröte hatte ihn eben wieder angefangen, als ein Ruf: „Das Verhör fängt an!“ in der Ferne erscholl.

„Komm schnell!“ rief der Greif, und Alice bei der Hand nehmend lief er fort, ohne auf das Ende des Gesanges zu warten.

„Was für ein Verhör?“ keuchte Alice bei'm Rennen; aber der Greif antwortete nichts als: „Komm schnell!“ und rannte weiter, während schwächer und schwächer, vom Winde getragen, die Worte ihnen folgten: –

„Kö–önigin der Su–uppen,
Wunder-wunderschöne Supp'!“

Wer hat die Kuchen gestohlen?

Der König und die Königin der Herzen saßen auf ihrem Throne, als sie ankamen, und eine große Menge war um sie versammelt – allerlei kleine Vögel und Thiere, außerdem das ganze Pack Karten: der Bube stand vor ihnen, in Ketten, einen Soldaten an jeder Seite, um ihn zu bewachen; dicht bei dem Könige befand sich das weiße Kaninchen, eine Trompete in einer Hand, in der andern eine Pergamentrolle. Im Mittelpunkte des Gerichtshofes stand ein Tisch mit einer Schüssel voll Torten: sie sahen so appetitlich aus, daß der bloße Anblick Alice ganz hungrig darauf machte. – „Ich wünschte, sie machten schnell mit dem Verhör und reichten die Erfrischungen herum.“ Aber dazu schien wenig Aussicht zu sein, so daß sie anfing, Alles genau in Augenschein zu nehmen, um sich die Zeit zu vertreiben.

Alice war noch nie in einem Gerichtshofe gewesen, aber sie hatte in ihren Büchern davon gelesen und bildete sich was Rechtes darauf ein, daß sie Alles, was sie dort sah, bei Namen zu nennen wußte. „Das ist der Richter,“ sagte sie für sich, „wegen seiner großen Perücke.“

Der Richter war übrigens der König, und er trug die Krone über der Perücke (seht euch das Titelbild an, wenn ihr wissen wollt, wie), es sah nicht aus, als sei es ihm bequem, und sicherlich stand es ihm nicht gut.

„Und jene zwölf kleinen Thiere da sind vermuthlich die Geschwornen," dachte Alice. Sie wiederholte sich selbst dies Wort zwei bis drei Mal, weil sie so stolz darauf war; denn sie glaubte, und das mit Recht, daß wenig kleine Mädchen ihres Alters überhaupt etwas von diesen Sachen wissen würden.

Die zwölf Geschwornen schrieben alle sehr eifrig auf Schiefertafeln. „Was thun sie?" frage Alice den Greifen in's Ohr. „Sie können ja noch nichts aufzuschreiben haben, ehe das Verhör beginnt."

„Sie schreiben ihre Namen auf," sagte ihr der Greif in's Ohr, „weil sie bange sind, sie zu vergessen, ehe das Verhör zu Ende ist."

„Dumme Dinger!" fing Alice entrüstet ganz laut an; aber sie hielt augenblicklich inne, denn das weiße Kaninchen rief aus: „Ruhe im Saal!" und der König setzte seine Brille auf und blickte spähend umher, um zu sehen, wer da gesprochen habe.

Alice konnte ganz deutlich sehen, daß alle Geschworne „dumme Dinger!" auf ihre Tafeln schrieben, und sie merkte auch, daß Einer von ihnen nicht wußte, wie es geschrieben wird, und seinen Nachbar fragen mußte. „*Die* Tafeln werden in einem schönen Zustande sein, wenn das Verhör vorüber ist!" dachte Alice.

Einer der Geschwornen hatte einen Tafelstein, der quiekste. Das konnte Alice natürlich nicht aushalten, sie ging auf die andere Seite des Saales, gelangte dicht hinter ihn und fand sehr bald eine Gelegenheit, den Tafelstein fortzunehmen. Sie hatte es so schnell gethan, daß der arme kleine Geschworne (es war Wabbel) durchaus nicht begreifen konnte, wo sein Griffel hingekommen war; nachdem er ihn also überall gesucht hatte, mußte er sich endlich entschließen, mit einem Finger zu schreiben, und das war von sehr geringem Nutzen, da es keine Spuren auf der Tafel zurückließ.

„Herold, verlies die Anklage!“ sagte der König.

Da bließ das weiße Kaninchen drei Mal in die Trompete, entfaltete darauf die Pergamentrolle und las wie folgt: –

„Coeur-Königin, sie buk Kuchen,
Juchheisasah, juchhe!
Coeur-Bube kam, die Kuchen nahm.
Wo sind sie nun? O weh!“

„Gebt euer Urtheil ab!“ sprach der König zu den Geschwornen.

„Noch nicht, noch nicht!“ unterbrach ihn das Kaninchen schnell. „Da kommt noch Vielerlei erst.“

„Laßt den ersten Zeugen eintreten!“ sagte der König, worauf das Kaninchen drei Mal in die Trompete blies und ausrief: „Erster Zeuge!“

Der erste Zeuge war der Hutmacher. Er kam herein, eine Tasse in der Hand und in der andern ein Stück Butterbrot haltend. „Ich bitte um Verzeihung, Eure Majestät, daß ich das mitbringe; aber ich war nicht ganz fertig mit meinem Thee, als nach mir geschickt wurde.“

„Du hättest aber damit fertig sein sollen,“ sagte der König. „Wann hast du damit angefangen?“

Der Hutmacher sah den Faselhasen an, der ihm in den Gerichtssaal gefolgt war, Arm in Arm mit dem Murmelthier. „Vierzehnten März, glaube ich war es,“ sagte er.

„Funfzehnten,“ sagte der Faselhase.

„Sechzehnten,“ fügte das Murmelthier hinzu.

„Nehmt das zu Protokoll,“ sagte der König zu den Geschwornen, und die Geschwornen schrieben eifrig die drei Daten auf ihre Tafeln, addirten sie dann und machten die Summe zu Groschen und Pfennigen.

„Nimm deinen Hut ab,“ sagte der König zum Hutmacher.

„Es ist nicht meiner,“ sagte der Hutmacher.

„Gestohlen!“ rief der König zu den Geschwornen gewendet aus, welche sogleich die Thatsache notierten.

„Ich halte sie zum Verkauf,“ fügte der Hutmacher als Erklärung hinzu, „ich habe keinen eigenen. Ich bin ein Hutmacher.“

Da setzte sich die Königin die Brille auf und fing an, den Hutmacher scharf zu beobachten, was ihn sehr blaß und unruhig machte.

„Gieb du deine Aussage," sprach der König, „und sei nicht ängstlich, oder ich lasse dich auf der Stelle hängen."

Dies beruhigte den Zeugen augenscheinlich nicht; er stand abwechselnd auf dem linken und rechten Fuße, sah die Königin mit großem Unbehagen an, und in seiner Befangenheit biß er ein großes Stück aus seiner Theetasse statt aus seinem Butterbrot.

Gerade in diesem Augenblick spürte Alice eine seltsame Empfindung, die sie sich durchaus nicht erklären konnte, bis sie endlich merkte, was es war: sie fing wieder an zu wachsen, und sie wollte sogleich aufstehen und den Gerichtshof verlassen; aber nach weiterer Überlegung beschloß sie zu bleiben, wo sie war, so lange sie Platz genug hatte.

„Du brauchtest mich wirklich nicht so zu drängen," sagte das Murmelthier, welches neben ihr saß. „Ich kann kaum athmen."

„Ich kann nicht dafür," sagte Alice bescheiden, „ich wachse."

„Du hast kein Recht dazu, hier zu wachsen," sagte das Murmelthier.

„Rede nicht solchen Unsinn," sagte Alice dreister; „Du weißt recht gut, daß du auch wächst."

„Ja, aber ich wachse in vernünftigem Maßstabe," sagte das Murmelthier, „nicht auf so lächerliche Art." Dabei stand es verdrießlich auf und ging an die andere Seite des Saales.

Die ganze Zeit über hatte die Königin unablässig den Hutmacher angestarrt, und gerade als das Murmelthier durch den Saal ging, sprach sie zu einem der Gerichtsbeamten: „Bringe mir die Liste der Sänger im letzten Concerte!" Worauf der unglückliche Hutmacher so zitterte, daß ihm beide Schuhe abflogen.

„Gieb deine Aussage," wiederholte der König ärgerlich, „oder ich werde dich hinrichten lassen, ob du dich ängstigst oder nicht."

„Ich bin ein armer Mann, Eure Majestät," begann der Hutmacher mit zitternder Stimme, „und ich hatte eben erst meinen Thee angefangen –

nicht länger als eine Woche ungefähr – und da die Butterbrote so dünn wurden – und es Teller und Töpfe in den Thee schneite."

„Teller und Töpfe – was?" fragte der König.

„Es fing mit dem Thee an," erwiederte der Hutmacher.

„Natürlich fangen Teller und Töpfe mit einem T an. Hältst du mich für einen Esel? Rede weiter!"

„Ich bin ein armer Mann," fuhr der Hutmacher fort, „und seitdem schneite Alles – der Faselhase sagte nur –"

„Nein, ich hab's nicht gesagt!" unterbrach ihn der Faselhase schnell.

„Du hast's wohl gesagt!" rief der Hutmacher.

„Ich läugne es!" sagte der Faselhase.

„Er läugnet es!" sagte der König: „laßt den Theil der Aussage fort."

„Gut, auf jeden Fall hat's das Murmelthier gesagt –" fuhr der Hutmacher fort, indem er sich ängstlich umsah, ob es auch läugnen würde; aber das Murmelthier läugnete nichts, denn es war fest eingeschlafen. „Dann," sprach der Hutmacher weiter, „schnitt ich noch etwas Butterbrot –"

„Aber *was* hat das Murmelthier gesagt?" fragte einer der Geschwornen.

„Das ist mir ganz entfallen," sagte der Hutmacher.

„Aber es *muß* dir wieder einfallen," sagte der König, „sonst lasse ich dich köpfen."

Der unglückliche Hutmacher ließ Tasse und Butterbrot fallen und ließ sich auf ein Knie nieder. „Ich bin ein armseliger Mann, Euer Majestät," fing er an.

„Du bist ein *sehr* armseliger Redner," sagte der König.

Hier klatschte eins der Meerschweinchen Beifall, was sofort von den Gerichtsdienern unterdrückt wurde. (Da dies ein etwas schweres Wort ist, so will ich beschreiben, wie es gemacht wurde. Es war ein großer Leinwandsack bei der Hand, mit Schnüren zum Zusammenziehen: da hinein wurde das Meerschweinchen gesteckt, den Kopf nach unten, und dann saßen sie darauf.)

„Es ist mir lieb, daß ich das gesehen habe,“ dachte Alice, „ich habe so oft in der Zeitung am Ende eines Verhörs gelesen: ›Das Publikum fing an, Beifall zu klatschen, was aber sofort von den Gerichtsdienern unterdrückt wurde,‹ und ich konnte bis jetzt nie verstehen, was es bedeutete.“

„Wenn dies Alles ist, was du zu sagen weißt, so kannst du abtreten,“ fuhr der König fort.

„Ich kann nichts mehr abtreten,“ sagte der Hutmacher: „ich stehe so schon auf den Strümpfen.“

„Dann kannst du *abwarten*, bis du wieder gefragt wirst,“ erwiederte der König.

Hier klatschte das zweite Meerschweinchen und wurde unterdrückt.

„Ha, nun sind die Meerschweinchen besorgt,“ dachte Alice, „nun wird es besser vorwärts gehen.“

„Ich möchte lieber zu meinem Thee zurückgehen,“ sagte der Hutmacher mit einem ängstlichen Blicke auf die Königin, welche die Liste der Sänger durchlas.

„Du kannst gehen," sagte der König, worauf der Hutmacher eilig den Gerichtssaal verließ, ohne sich einmal Zeit zu nehmen, seine Schuhe anzuziehen.

„– und draußen schneidet ihm doch den Kopf ab," fügte die Königin zu einem der Beamten gewandt hinzu; aber der Hutmacher war nicht mehr zu sehen, als der Beamte die Thür erreichte.

„Ruft den nächsten Zeugen!" sagte der König.

Der nächste Zeuge war die Köchin der Herzogin. Sie trug die Pfefferbüchse in der Hand, und Alice errieth, schon ehe sie in den Saal trat, wer es sei, weil alle Leute in der Nähe der Thür mit einem Male anfingen zu niesen.

„Gieb deine Aussage," sagte der König.

„Ne!" antwortete die Köchin.

Der König sah ängstlich das weiße Kaninchen an, welches leise sprach: „Eure Majestät müssen diesen Zeugen einem Kreuzverhör unterwerfen."

„Wohl, wenn ich muß, muß ich," sagte der König trübsinnig, und nachdem er die Arme gekreuzt und die Augenbrauen so fest zusammengezogen hatte, daß seine Augen kaum mehr zu sehen waren, sagte er mit tiefer Stimme: „Wovon macht man kleine Kuchen?"

„Pfeffer, hauptsächlich," sagte die Köchin.

„Syrup," sagte eine schläfrige Stimme hinter ihr.

„Nehmt dieses Murmelthier fest!" heulte die Königin. „Köpft dieses Murmelthier! Schafft dieses Murmelthier aus dem Saale! Unterdrückt es! Kneift es! Brennt ihm den Bart ab!"

Einige Minuten lang war das ganze Gericht in Bewegung, um das Murmelthier fortzuschaffen; und als endlich Alles wieder zur Ruhe gekommen war, war die Köchin verschwunden.

„Schadet nichts!" sagte der König und sah aus, als falle ihm ein Stein vom Herzen. „Ruft den nächsten Zeugen." Und zu der Königin gewandt, füge er leise hinzu: „Wirklich, meine Liebe, du mußt das nächste Kreuzverhör übernehmen, meine Arme sind schon ganz lahm.“

Alice beobachtete das weiße Kaninchen, das die Liste durchsuchte, da sie sehr neugierig war, wer wohl der nächste Zeuge sein möchte, – „denn sie haben noch nicht viel Beweise,“ sagte sie für sich. Denkt euch ihre Überraschung, als das weiße Kaninchen mit seiner höchsten Kopfstimme vorlas: „Alice!“

Alice ist die Klügste

„Hier!" rief Alice, in der augenblicklichen Erregung ganz vergessend, wie sehr sie die letzten Minuten gewachsen war; sie sprang in solcher Eile auf, daß sie mit ihrem Rock das Pult vor sich umstieß, so daß alle Geschworne auf die Köpfe der darunter sitzenden Versammlung fielen. Da lagen sie unbehülflich umher und erinnerten sie sehr an ein Glas mit Goldfischen, das sie die Woche vorher aus Versehen umgestoßen hatte.

„Oh, ich *bitte* um Verzeihung," rief sie mit sehr bestürztem Tone, und fing an, sie so schnell wie möglich aufzunehmen; denn der Unfall mit den Goldfischen lag ihr noch im Sinne, und sie hatte eine unbestimmte Art Vorstellung, als ob sie gleich gesammelt und wieder in ihr Pult gethan werden müßten, sonst würden sie sterben.

„Das Verhör kann nicht fortgesetzt werden," sagte der König sehr ernst, „bis alle Geschworne wieder an ihrem rechten Platze sind – *alle*," wiederholte er mit großem Nachdrucke, und sah dabei Alice fest an.

Alice sah sich nach dem Pulte um und bemerkte, daß sie in der Eile die Eidechse kopfunten hineingestellt hatte, und das arme kleine Ding bewegte den Schwanz trübselig hin und her, da es sich übrigens nicht rühren konnte. Sie zog es schnell wieder heraus und stellte es richtig hinein. „Es hat zwar nichts zu bedeuten," sagte sie für sich, „ich glaube, es würde für das Verhör ganz eben so nützlich sein kopfoben wie kopfunten."

Sobald sich die Geschwornen etwas von dem Schreck erholt hatten, umgeworfen worden zu sein, und nachdem ihre Tafeln und Tafelsteine gefunden und ihnen zurückgegeben worden waren, machten sie sich eifrig daran, die Geschichte ihres Unfalles aufzuschreiben, alle außer der Eidechse, welche zu angegriffen war, um etwas zu thun; sie saß nur mit offnem Maule da und starrte die Saaldecke an.

„Was weißt du von dieser Angelegenheit?" fragte der König Alice.

„Nichts!" sagte Alice.

„Durchaus nichts?“ drang der König in sie.

„Durchaus nichts!“ sagte Alice.

„Das ist sehr wichtig,“ sagte der König, indem er sich an die Geschwornen wandte. Sie wollten dies eben auf ihre Tafeln schreiben, als das weiße Kaninchen ihn unterbrach. „Unwichtig, meinten Eure Majestät natürlich!“ sagte es in sehr ehrfurchtsvollem Tone, wobei es ihn aber mit Stirnrunzeln und verdrießlichem Gesichte ansah.

„*Un*wichtig, natürlich, meinte ich,“ bestätigte der König eilig, und fuhr mit halblauter Stimme für sich fort: „wichtig unwichtig – unwichtig – wichtig –“ als ob er versuchte, welches Wort am besten klänge.

Einige der Geschwornen schrieben auf „wichtig“, und einige „unwichtig.“ Alice konnte dies sehen, da sie nahe genug war, um ihre Tafeln zu überblicken; „aber es kommt nicht das Geringste darauf an,“ dachte sie bei sich.

In diesem Augenblick rief der König, der eifrig in seinem Notizbuche geschrieben hatte, plötzlich aus: „Still!“ und las dann aus seinem Buche vor: „Zweiundvierzigstes Gesetz. *Alle Personen, die mehr als eine Meile hoch sind, haben den Gerichtshof zu verlassen.*“

Alle sahen Alice an.

„Ich bin keine Meile groß,“ sagte Alice.

„Das bist du wohl,“ sagte der König.

„Beinahe zwei Meilen groß,“ fügte die Königin hinzu.

„Auf jeden Fall werde ich nicht fortgehen,“ sagte Alice, „übrigens ist das kein regelmäßiges Gesetz; Sie haben es sich eben erst ausgedacht.“

„Es ist das älteste Gesetz in dem Buche,“ sagte der König.

„Dann müßte es Nummer Eins sein,“ sagte Alice.

Der König erbleichte und machte sein Notizbuch schnell zu. „Gebt euer Urtheil ab!“ sagte er leise und mit zitternder Stimme zu den Geschwornen.

„Majestät halten zu Gnaden, es sind noch mehr Beweise aufzunehmen,“ sagte das weiße Kaninchen, indem es eilig aufsprang; „dieses Papier ist soeben gefunden worden.“

„Was enthält es?“ fragte die Königin.

„Ich habe es noch nicht geöffnet,“ sagte das weiße Kaninchen, „aber es scheint ein Brief von dem Gefangenen an – an Jemand zu sein.“

„Ja, das wird es wohl sein,“ sagte der König, „wenn es nicht an Niemand ist, was, wie bekannt nicht oft vorkommt.“

„An wen ist es adressirt?“ fragte einer der Geschwornen.

„Es ist gar nicht adressirt,“ sagte das weiße Kaninchen; „überhaupt steht auf der *Außenseite* gar nichts.“ Es faltete bei diesen Worten das Papier auseinander und sprach weiter: „Es ist übrigens gar kein Brief, es sind Verse.“

„Sind sie in der Handschrift des Gefangenen?“ fragte ein anderer Geschworner.

„Nein, das sind sie nicht,“ sagte das weiße Kaninchen, „und das ist das Merkwürdigste dabei.“ (Die Geschwornen sahen alle ganz verdutzt aus.)

„Er muß eines Andern Handschrift nachgeahmt haben,“ sagte der König. (Die Gesichter der Geschwornen klärten sich auf.)

„Eure Majestät halten zu Gnaden,“ sagte der Bube, „ich habe es nicht geschrieben, und Niemand kann beweisen, daß ich es geschrieben habe, es ist keine Unterschrift darunter.“

„Wenn du es nicht unterschrieben hast,“ sagte der König, „so macht das die Sache nur schlimmer. Du mußt schlechte Absichten dabei gehabt haben, sonst hättest du wie ein ehrlicher Mann deinen Namen darunter gesetzt.“

Hierauf folgte allgemeines Beifallklatschen; es war der erste wirklich kluge Ausspruch, den der König an dem Tage gethan hatte.

„Das *beweist* seine Schuld,“ sagte die Königin.

„Es beweist durchaus gar nichts!“ sagte Alice, „Ihr wißt ja noch nicht einmal, worüber die Verse sind!“

„Lies sie!“ sagte der König.

Das weiße Kaninchen setzte seine Brille auf. „Wo befehlen Eure Majestät, daß ich anfangen soll?“ fragte es.

„Fange beim Anfang an,“ sagte der König ernsthaft, „und lies bis du an's Ende kommst, dann halte an.“

Dies waren die Verse, welche das weiße Kaninchen vorlas: –

„Ich höre ja du warst bei ihr,
Und daß er mir es gönnt;
Sie sprach, sie hielte viel von mir,
Wenn ich nur schwimmen könnt'!

Er schrieb an sie, ich ginge nicht
(Nur wußten wir es gleich):
Wenn ihr viel an der Sache liegt,
Was würde dann aus euch?

Ich gab ihr eins, sie gab ihm zwei,
Ihr gabt uns drei Mal vier;
Jetzt sind sie hier, er steht dabei;
Doch alle gehörten erst mir.

Würd' ich und sie vielleicht darein
Verwickelt und verfahren,
Vertraut er dir, sie zu befrei'n
Gerade wie wir waren.

Ich dachte schon in meinem Sinn,
Eh' sie den Anfall hätt',
Ihr wär't derjenige, der ihn,
Es und uns hindertet.

Sag' ihm um keinen Preis, daß ihr
Die Andern lieber war'n;
Denn keine Seele außer dir
Und mir darf dies erfahr'n."

„Das ist das wichtigste Beweisstück, das wir bis jetzt gehört haben," sagte der König, indem er sich die Hände rieb; „laßt also die Geschwornen –"

„Wenn es Einer von ihnen erklären kann," sagte Alice (sie war die letzten Paar Minuten so sehr gewachsen, daß sie sich gar nicht fürchtete, ihn zu unterbrechen), „so will ich ihm sechs Dreier schenken. Ich finde, daß auch keine Spur von Sinn darin ist."

Die Geschwornen schrieben Alle auf ihre Tafeln: „Sie findet, daß auch keine Spur von Sinn darin ist;" aber keiner versuchte, das Schriftstück zu erklären.

„Wenn kein Sinn darin ist," sagte der König, „das spart uns ja ungeheuer viel Arbeit; dann haben wir nicht nöthig, ihn zu suchen. Und dennoch weiß ich nicht," fuhr er fort, indem er das Papier auf dem Knie ausbreitete und es prüfend beäugelte, „es kommt mir vor, als könnte ich etwas Sinn darin finden. ›– wenn ich nur schwimmen könnt'!‹ du kannst nicht schwimmen, nicht wahr?" wandte er sich an den Buben.

Der Bube schüttelte traurig das Haupt. „Seh' ich etwa danach aus?" (was freilich nicht der Fall war, da er gänzlich aus Papier bestand.)

„Das trifft zu, so weit," sagte der König und fuhr fort, die Verse leise durchzulesen. „›Nur wußten wir es gleich‹ – das sind die Geschwornen, natürlich – ›Ich gab ihr eins, sie gab ihm zwei –‹ja wohl, so hat er's mit den Kuchen gemacht, versteht sich –"

„Aber es geht weiter: ›Jetzt sind sie hier,‹" sagte Alice.

„Freilich, da sind sie ja! er steht doch dabei!" sagte der König triumphirend und wies dabei nach den Kuchen auf dem Tische und nach dem Buben; „nichts kann klarer sein. Dann wieder – ›Eh sie den Anfall hätt'‹ – du hast nie einen Anfall gehabt, Liebe, glaube ich," sagte er zu der Königin.

„Niemals," rief die Königin wüthend und warf dabei der Eidechse ein Tintenfaß an den Kopf. (Der unglückliche kleine Wabbel hatte aufgehört, mit dem Finger auf seiner Tafel zu schreiben, da er merkte, daß es keine Spuren hinterließ; doch nun fing er eilig wieder an, indem er die Tinte benutzte, die von seinem Gesichte herabträufelte, so lange, dies vorhielt.)

„Dann ist dies nicht dein *Fall*," sagte der König und blickte lächelnd in dem ganzen Saale herum. Alles blieb todtenstill.

„– 's ist ja 'n Witz!" fügte der König in ärgerlichem Tone hinzu – sogleich lachte Jedermann. „Die Geschwornen sollen ihren Ausspruch thun," sagte der König wohl zum zwanzigsten Male.

„Nein, nein!" sagte die Königin. „Erst das Urtheil, der Ausspruch der Geschwornen nachher."

„Dummer Unsinn!" sagte Alice laut. „Was für ein Einfall, erst das Urtheil haben zu wollen!"

„Halt den Mund!" sagte die Königin, indem sie purpurroth wurde.

„Ich will nicht!" sagte Alice.

„Schlagt ihr den Kopf ab!" brüllte die Königin so laut sie konnte. Niemand rührte sich.

„Wer fragt nach euch?" sagte Alice (unterdessen hatte sie ihre volle Größe erreicht). „Ihr seid nichts weiter als ein Spiel Karten!"

Bei diesen Worten erhob sich das ganze Spiel in die Luft und flog auf sie herab; sie schrie auf, halb vor Furcht, halb vor Ärger, versuchte sie sich abzuwehren und merkte, daß sie am Ufer lag, den Kopf auf dem Schoße ihrer Schwester, welche leise einige welke Blätter fortnahm, die ihr von den Bäumen herunter auf's Gesicht gefallen waren.

„Wach auf, liebe Alice!“ sagte ihre Schwester; „du hast mal lange geschlafen!“

„O, und ich habe einen so merkwürdigen Traum gehabt!“ sagte Alice, und sie erzählte ihrer Schwester, so gut sie sich erinnern konnte, alle die seltsamen Abenteuer, welche ihr eben gelesen habt. Als sie fertig war, gab ihre Schwester ihr einen Kuß und sagte: „Es war ein sonderbarer Traum, das ist gewiß; aber nun lauf hinein zum Thee, es wird spät.“ Da stand Alice auf und rannte fort, und dachte dabei, und zwar mit Recht, daß es doch ein wunderschöner Traum gewesen sei.

Aber ihre Schwester blieb sitzen, wie sie sie verlassen hatte, den Kopf auf die Hand gestützt, blickte in die untergehende Sonne und dachte an die kleine Alice und ihre wunderbaren Abenteuer, bis auch sie auf ihre Weise zu träumen anfing, und dies war ihr Traum:

Zuerst träumte sie von der kleinen Alice selbst: wieder sah sie die kleinen Händchen zusammengefaltet auf ihrem Knie, und die klaren sprechenden Augen, die zu ihr aufblickten – sie konnte selbst den Ton ihrer Stimme hören und das komische Zurückwerfen des kleinen Köpfchens sehen, womit sie die einzelnen Haare abschüttelte, die ihr immer wieder in die Augen kamen – und jemehr sie zuhörte oder zuzuhören meinte, desto mehr belebte sich der ganze Platz um sie herum mit den seltsamen Geschöpfen aus ihrer kleinen Schwester Traum.

Das lange Gras zu ihren Füßen rauschte, da das weiße Kaninchen vorbeihuschte – die erschrockene Maus plätscherte durch den nahen Teich – sie konnte das Klappern der Theetassen hören, wo der Faselhase und seine Freunde ihre immerwährende Mahlzeit hielten, und die gellende Stimme der Königin, die ihre unglücklichen Gäste zur Hinrichtung abschickte – wieder nieste das Ferkel-Kind auf dem Schoße der Herzogin, während Pfannen und Schüsseln rund herum in Scherben brachen – wieder erfüllten der Schrei des Greifen, das Quieken von dem Tafelstein der Eidechse und das Stöhnen des unterdrückten Meerschweinchens die Luft und vermischten sich mit dem Schluchzen der unglücklichen falschen Schildkröte in der Entfernung.

So saß sie da, mit geschlossenen Augen, und glaubte fast, sie sei im Wunderlande, obgleich sie ja wußte, daß sobald sie die Augen öffnete, Alles wieder zur alltäglichen Wirklichkeit werden würde, das Gras würde dann nur im Winde rauschen, der Teich mit seinem Rieseln das Wogen des Rohres begleiten; das Klappern der Theetassen würde sich in klingende Heerdenglocken verwandeln und die gellende Stimme der

Königin in die Rufe des Hirtenknaben – und das Niesen des Kindes, das Geschrei des Greifen und all die andern außerordentlichen Töne würden sich (das wußte sie) in das verworrene Getöse des geschäftigen Gutshofes verwandeln – während sie statt des schwermüthigen Schluchzens der falschen Schildkröte in der das wohlbekannte Brüllen des Rindviehes hören würde.

Endlich malte sie sich aus, wie ihre kleine Schwester Alice in späterer Zeit selbst erwachsen sein werde; und wie sie durch alle reiferen Jahre hindurch das einfache liebevolle Herz ihrer Kindheit bewahren, und wie sie andere kleine Kinder um sich versammeln und *deren* Blicke neugierig und gespannt machen werde mit manch einer wunderbaren Erzählung, vielleicht sogar mit dem Traume vom Wunderlande aus alten Zeiten; und wie sie alle ihren kleinen Sorgen nachfühlen, sich über alle ihren kleinen Freuden mitfreuen werde in der Erinnerung an ihr eigenes Kindesleben und die glücklichen Sommertage.